AF452207

SÉANCE PUBLIQUE ANNUELLE

DES

CINQ ACADÉMIES

DU SAMEDI 25 OCTOBRE 1919

PRÉSIDÉE PAR

M. LÉON GUIGNARD

PRÉSIDENT DE L'ACADÉMIE DES SCIENCES

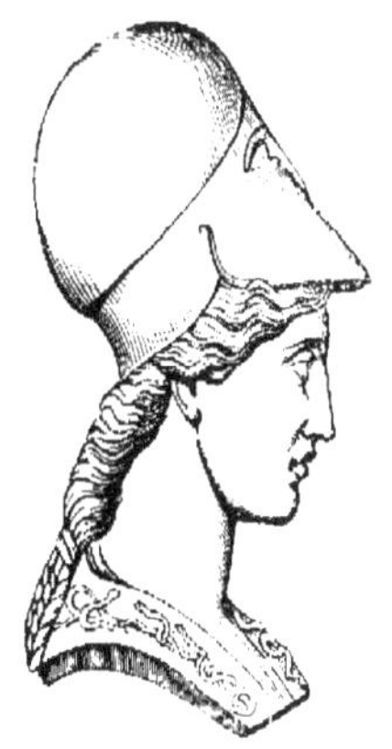

PARIS

TYPOGRAPHIE DE FIRMIN-DIDOT ET Cⁱᵉ

IMPRIMEURS DE L'INSTITUT DE FRANCE, RUE JACOB, 56

M D CCCC XIX

INSTITUT DE FRANCE

SÉANCE PUBLIQUE ANNUELLE

DES

CINQ ACADÉMIES

DU SAMEDI 25 OCTOBRE 1919

PRÉSIDÉE PAR

M. LÉON GUIGNARD

PRÉSIDENT DE L'ACADÉMIE DES SCIENCES

PARIS

TYPOGRAPHIE DE FIRMIN-DIDOT ET Cⁱᵉ

IMPRIMEURS DE L'INSTITUT DE FRANCE, RUE JACOB, 56

M D CCCC XIX

INSTITUT.
1919. — 18.

SÉANCE PUBLIQUE ANNUELLE

DES

CINQ ACADÉMIES

DU SAMEDI 25 OCTOBRE 1919

PRÉSIDÉE PAR

M. LÉON GUIGNARD

PRÉSIDENT DE L'ACADÉMIE DES SCIENCES

ASSISTÉ DE

MM. FRÉDÉRIC MASSON, PAUL GIRARD, CHARLES GIRAULT,
MORIZOT-THIBAULT

DÉLÉGUÉS DES ACADÉMIES

FRANÇAISE, DES INSCRIPTIONS ET BELLES-LETTRES, DES BEAUX-ARTS

ET DES SCIENCES MORALES ET POLITIQUES

ET DE MM. E. PICARD ET A. LACROIX

SECRÉTAIRES PERPÉTUELS DE L'ACADÉMIE DES SCIENCES

SECRÉTAIRES ACTUELS DU BUREAU DE L'INSTITUT

ORDRE DES LECTURES

1° Discours du Président des Cinq Académies de l'Institut.

Rapport sur le concours de 1919, pour le prix fondé par M. DE VOLNEY, et proclamation du prix:

2° *Maître Aliboron,* par M. Antoine Thomas, délégué de l'Académie des Inscriptions et Belles-Lettres;

3° *L'Art de la Tapisserie,* par M. Maurice Fenaille, délégué de l'Académie des Beaux-Arts;

4° *Une Tempête dans la seconde classe de l'Institut en 1798,* par M. Morizot-Thibault, délégué de l'Académie des Sciences Morales et Politiques;

5° *Où allons-nous?* par M. Émile Boutroux, délégué de l'Académie Française.

SÉANCE PUBLIQUE ANNUELLE

DES

CINQ ACADÉMIES

DU SAMEDI 25 OCTOBRE 1919

DISCOURS

DE

M. GUIGNARD

PRÉSIDENT

Messieurs,

Il a fallu cinquante et un mois de la guerre la plus atroce, et une immense coalition de peuples, pour avoir raison d'une puissance militaire dont l'orgueil monstrueux et la criminelle ambition avaient rêvé d'écraser la France et d'asservir le monde.

La paix est enfin venue avec le triomphe de nos armes. Pour la seconde fois, l'Allemagne a franchi le seuil de la Galerie des Glaces, au palais de Versailles.... cette fois, pour signer l'aveu de sa défaite.

Le retour de nos provinces perdues, l'écroulement de l'œuvre bismarckienne, l'effondrement du militarisme allemand, marquent la fin de la menace odieuse qui, pendant si longtemps, a pesé sur le monde du poids si lourd de son insolence.

Par une matinée inoubliable, nous avons vu nos troupes victorieuses passer sous l'Arc de Triomphe et Paris a connu la fête la plus extraordinaire, la plus émouvante, qui se soit jamais déroulée dans le cadre unique de sa splendeur.

Rendons grâce aux Armées de la République et à celles de nos Alliés, à tous leurs chefs magnifiques, en particulier à ceux que nous avons la fierté de compter ici parmi nos confrères et dont, pour la première fois au nom de l'Institut, j'ai l'insigne honneur de saluer la gloire. Rendons grâce aux grands citoyens, nos confrères encore d'aujourd'hui ou de demain, qui, aux heures les plus sombres de ces longues années d'épreuves, n'ont jamais douté du salut de la Patrie; à ceux dont la parole, toute pleine d'espérance et de foi, relevait les courages, quand parfois les courages semblaient s'émouvoir: à ceux qui, apportant dans l'action une décision si clairvoyante et si ferme, ont su remplir avec tant d'éclat les devoirs de leurs charges et trouver, en toutes circonstances, pour exprimer les sentiments du pays, les mots dans lesquels on sentait passer le souffle même de la France, de ces mots qu'une nation inscrit à son livre d'or.

De quel prix nous achetons la libération, les mères, les veuves, les orphelins pourraient seuls nous le faire sentir. Nous aussi, nous pourrions répéter avec l'orateur antique : « La cité a perdu sa jeunesse, l'année a perdu son printemps » : mais, si grande soit la détresse où nous laissent nos deuils, l'âme de la Nation est trop haute pour avoir été submergée par cette marée de douleur, et nous avons la consolation de penser que nos morts ont sauvé la liberté et fortifié la justice, contre l'emprise de ceux qui prétendaient imposer au monde la justification de la force.

Chaque année, aux grands anniversaires, nous reporterons nos pensées vers ces milliers de héros trop souvent anonymes, dont le sacrifice a permis ce triomphe. Comme les ombres des guerriers grecs qui écoutaient, du haut des promontoires,

Chanter sur leurs tombeaux la mer de Salamine,

nos chers morts entendront sans cesse monter vers leurs âmes fraternelles le murmure attendri d'une impérissable reconnaissance.

Messieurs, l'anniversaire du 25 octobre est avant tout, pour l'Institut, un jour de commémoration. Votre Président a le devoir de rendre un dernier hommage aux confrères que nous avons perdus au cours de la dernière année. Aucune de nos Académies n'a été épargnée, et tous ceux qui voient en elles, à juste titre, une force intellectuelle ou morale, ou une parure pour la nation, partageront notre deuil.

S'il est vrai que, chez la plupart des hommes, la vie soit pleine de contradictions, celle de M. Étienne Lamy,

Secrétaire perpétuel de l'Académie française, nous paraî-
tra des plus remarquables par la constance qu'il apporta
à être toujours d'accord avec lui-même. Catholique et
républicain sous l'Empire, il entendait rester, sous la
République, fortement attaché à l'Église, sans rien
perdre de sa foi libérale. Il a défendu l'Église non seulement contre ses ennemis, mais aussi contre ses amis, et,
s'il n'a pu faire tomber les préventions de tant de républicains vis-à-vis du catholicisme, il aura du moins conver-
ti à la République beaucoup de conservateurs. Les
républicains lui en ont su un gré médiocre et beaucoup
de conservateurs ne le lui ont pas pardonné. Voyant dans
le catholicisme une grande force morale, M. Lamy
souhaite une France chrétienne, parce qu'il veut une
France meilleure et plus forte. Sa foi patriotique a été
aussi vive, aussi éclairée que sa foi religieuse. « Par la
croyance pour la patrie » : telle aurait pu être sa devise,
car tel a été le principe de l'effort de toute sa vie. Et
comme il avait beaucoup de talent naturel, développé
par un labeur assidu, il laisse, avec le souvenir d'un
grand honnête homme et d'un parfait serviteur du pays,
une œuvre d'une haute élévation morale.

En 1871, les électeurs du Jura avaient envoyé M. Lamy
à l'Assemblée nationale, en récompense de sa belle conduite à la tête d'un bataillon de mobiles en 1870. Dix ans
plus tard, à la suite de son intervention en faveur de la
liberté d'enseignement, il ne fut pas réélu. On ne voit pas
que cette disgrâce ait rempli notre confrère d'amertume,
ni qu'il ait jamais rien tenté pour se réconcilier avec le
suffrage universel. Il savait le prix de ces tractations et

n'était pas d'humeur à payer du sacrifice de ses idées
un mandat de législateur. Cependant, dès son arrivée à
Versailles, il s'était révélé non seulement orateur de
talent, mais aussi, par la méthode de son esprit, sa puissance de travail, son sens profond des réalités, des plus
aptes à l'étude des questions dont dépend l'avenir du
pays. Son rapport sur la marine, présenté lors de la dis-
cussion du budget de 1879 et qui devait, trente ans plus
tard, retenir encore l'attention de ceux qui avaient la
charge de notre puissance navale, ses interventions
dans les questions militaires, dans la politique étran-
gère, l'avaient placé au premier rang d'une Assemblée où cependant les talents étaient nombreux. Bref,
notre confrère était déjà ministrable, — comme on ne
disait pas encore en 1881, — quand il quitta le Parle-
ment.

Ce qu'il ne pourra plus faire comme législateur, il le
fera désormais comme conférencier, journaliste, collabo-
rateur ou directeur de grandes revues, jusqu'à la fin de
sa vie, avec la même activité et le même sens pratique.
Convaincu que l'avenir de la France est intimement lié à
la natalité, il ne se bornera pas à prêcher la repopula-
tion : il fera à l'Académie française une donation magnifique, destinée à récompenser chaque année une famille
nombreuse. Il s'occupait de la fondation d'un orphelinat
agricole quand la mort est venue le frapper.

L'homme était charmant et cette bonne grâce l'a
heureusement servi dans les délicates fonctions dont la
confiance de ses confrères l'avait investi.

M. Edmond Rostand disparaît à un âge où l'on était

en droit d'attendre de lui plus encore qu'il n'avait donné;
car, depuis le jour où il commença d'écrire, sa vie n'a été
que le constant effort d'une haute conscience d'artiste
vers ce qu'il y a de plus noble et de plus grand. Il était
né pour le théâtre, avec des dons exceptionnels : imagination originale, somptueuse, don de l'action rapide,
abondance verbale extraordinaire. Ses premières œuvres
avaient conquis les lettrés, *Cyrano* devait soulever l'enthousiasme du public. Le succès étourdissant de la pièce ne
fut pas seulement une protestation contre les « tranches
de vie » que certains adeptes du théâtre réaliste s'obsti-
naient à nous servir; il tenait surtout à ce que les spectateurs saluaient, en *Cyrano*, le romantisme que les Français ont dans le sang depuis toujours, la pièce héroïque
à grands sentiments, à coups d'épée, à tirades élo-
quentes. L'enthousiasme du public signifiait que l'auteur
lui apportait quelque chose de traditionnel dans notre
pays, qu'il avait fait jaillir du fond du vieux sol de
France, l'eau vive où les ancêtres avaient bu. *Cyrano*,
c'était, pour notre confrère, la gloire, la gloire à trente
ans! Du jour au lendemain, des scènes entières de la
pièce étaient devenues populaires. Les pièces qui sui-
virent : *l'Aiglon*, *Chantecler*, ne pouvaient rien ajouter à
une renommée universelle. Elles témoigneront du moins
du grand souci d'art de l'auteur, d'une pensée toujours
plus haute.

Comme tous les hommes dont le talent est hors de
pair, M. Rostand a été en butte aux attaques violentes
ou perfides de l'envie. Elles ne pouvaient sérieusement
l'émouvoir et sans doute ne pèseront pas d'un grand

poids dans le jugement que la postérité portera sur son
œuvre; elle y trouvera assez de rayons pour ne pas s'at-
tarder aux ombres.

Quand on relit cet acte admirable du champ de
bataille de Wagram, grand poème épique et tragique à
lui tout seul, on éprouve un sentiment de tristesse infinie,
en songeant que cette voix ardente et généreuse n'aura
pu célébrer la Victoire, et que, au lever de l'aube lumi-
neuse sur le monde enfin libéré, Chantecler s'est tu pour
toujours!

L'Académie des Inscriptions et Belles-Lettres a vu
disparaître un de ses membres les plus anciens, M. Héron
de Villefosse, et trois de ses correspondants, MM. Cosquin, Radloff et de Hinojosa.

M. Antoine Héron de Villefosse sortait de l'École des
Chartes, mais son immense érudition s'était particulièrement concentrée sur l'antiquité classique et de préférence
sur les monuments de l'époque romaine et de l'époque
gallo-romaine. Épigraphiste et archéologue, il n'est,
pour ainsi dire, aucun domaine qu'il n'ait abordé parmi
ceux que lui ouvraient ses vastes connaissances et son
inlassable curiosité. Professeur d'épigraphie latine à
l'École des Hautes-Études, Conservateur au département
des Antiques du Musée du Louvre, il atteignait l'antiquité
par tous les témoignages qui nous la font connaître.
Qu'il parlât à l'Académie des Inscriptions, à laquelle il
appartenait depuis 1886, à la Société des Antiquaires de
France, où il jouissait depuis de longues années d'une
autorité universellement reconnue, il y avait toujours

profit à l'entendre. Il avait dans la France entière des correspondants fidèles, dont il suivait les recherches et stimulait les efforts. Aussi sa mort fut-elle un deuil pour nombre de travailleurs dispersés sur notre territoire et jusque dans nos possessions du Nord de l'Afrique. Il était essentiellement serviable, par bonté naturelle et par patriotisme, convaincu qu'en encourageant partout la recherche scientifique il travaillait pour le bon renom de son pays.

Dans toutes ses fonctions, il apporta un dévouement auquel ceux qui l'ont vu à l'œuvre n'ont point manqué de rendre hommage. Il aimait, notamment, la charge complexe et délicate de Conservateur du Musée du Louvre. Dans la crise tragique que traversa notre Musée national en 1871, il en assura, avec Barbet de Jouy, le salut, au péril de sa vie. Deux fois, au cours de sa longue carrière, il aura dû mettre la Vénus de Milo à l'abri des atteintes du même ennemi.

M. Cosquin, correspondant national de l'Académie des Inscriptions et Belles-Lettres à Vitry-le-François, s'était voué de bonne heure aux études du folk-lore. Il laisse un grand nombre de mémoires qui témoignent de la variété de ses connaissances et de sa clairvoyance à démêler les traditions populaires et à en suivre les transformations, de l'Inde, leur berceau, jusqu'aux contrées de l'Occident, où, sous des formes différentes, elles se sont très anciennement répandues.

M. Wilhelm Radloff, de Pétrograd, avait rendu des services considérables à l'étude des langues turco-tartares. On le considérait, dans ce domaine, comme un philologue de premier ordre, auquel la science doit en partie le déchiffrement de documents, en caractères jusqu'alors inconnus, d'une langue turque ancienne particulièrement localisée en Mongolie.

M. Eduardo de Hinojosa était l'un des représentants les plus illustres de la science espagnole. Juriste et historien, homme d'action et administrateur, ancien gouverneur de Barcelone, directeur général de l'Instruction publique, sénateur, son activité s'étendait au présent comme au passé de son pays. Il laisse des ouvrages d'histoire, et plus spécialement d'histoire du droit, qui font partout autorité. Son caractère égalait sa science et son talent.

L'Académie des Sciences a été attristée par la perte de son doyen d'âge, M. Jean-Jacques Théophile Schlœsing, d'un associé étranger, Lord Rayleigh et de trois correspondants, Sir William Crookes, MM. William Gilson Farlow et Gustaf Retzius.

M. Schlœsing était aussi le doyen d'âge de l'Institut. Il est mort à quatre-vingt-quinze ans et, jusqu'à cette extrême vieillesse, il avait conservé une activité d'esprit qui faisait l'étonnement et l'admiration de ses confrères.

Sorti de l'École polytechnique, en 1843, dans le service des Manufactures de l'État, il devenait, trois ans après, directeur de l'École d'application de la Manufacture des tabacs. Nommé professeur à l'Institut agronomique lors de la création de cet établissement en 1876, il suppléa pendant longtemps Boussingault dans sa chaire du Conservatoire des Arts et Métiers et succéda, en 1887, à l'illustre agronome, dont il devait être le brillant continuateur.

Durant trois quarts de siècle, M. Schlœsing a consacré presque entièrement son immense labeur aux applications de la chimie à l'agriculture. Il n'est pas une question qu'il ait abordée sans l'éclairer d'un jour nouveau, qu'il s'agisse de la composition et de la culture du tabac dont il avait à s'occuper spécialement en raison de ses fonctions, de la constitution si complexe de la terre végétale, du rôle que jouent dans l'évolution des plantes l'acide carbonique et l'ammoniaque, ou encore de l'origine des nitrates dont la formation dans le sol a une si grande importance en agriculture.

C'est l'étude de cette dernière question qui l'a conduit à la découverte sensationnelle du ferment nitrique. Avec notre regretté confrère, Achille Müntz, il a déchiré le voile qui cachait le phénomène de la nitrification, en montrant que celle-ci est due à l'intervention de ferments organisés et, par conséquent, à un phénomène vital. Cette découverte, inspirée par les travaux de Pasteur, a permis d'expliquer la formation de ces immenses dépôts de nitrate de soude de l'Amérique du Sud, où s'est approvisionné le monde entier, dans des buts, hélas! si différents.

Sir John William Strutt qui, à la mort de son père, devait, avec un siège à la Chambre des Lords, prendre le nom de Lord Rayleigh, comptait parmi les représentants les plus illustres de l'admirable école anglaise de physique. Il avait succédé à Maxwell dans la chaire de physique de l'Université de Cambridge, puis il était venu à Londres occuper celle de Tyndall.

Lord Rayleigh fut à la fois un mathématicien éminent et un expérimentateur hors de pair, dont l'ingéniosité et la précision savaient tirer des méthodes et des instruments les plus simples les résultats les plus éclatants. Celui qui voudrait énumérer ses travaux devrait passer en revue tous les chapitres de la physique : partout il a laissé une trace profonde et mis en évidence quelque vérité nouvelle.

Mais la découverte qui l'a surtout fait connaître du grand public, celle qui lui a valu une notoriété universelle, c'est la découverte de l'argon, qu'il trouva et isola, il y a vingt-cinq ans, avec la collaboration de Sir William Ramsay. Que tant de chimistes aient étudié la composition de l'air, depuis plus d'un siècle, sans y reconnaître la présence d'un élément qui y tient pourtant une place relativement importante, un centième environ, la chose pouvait paraître incroyable. Elle était pourtant vraie. Sans diminuer le mérite de Ramsay, qui possède tant d'autres titres de gloire et qui fut aussi Associé de l'Académie des Sciences, on peut dire que les mesures d'une extraordinaire précision employées par Lord Rayleigh ont été l'origine de la découverte de l'argon. Elle a valu à ce grand savant le prix Nobel en 1906.

Sir William Crookes était aussi l'une des gloires scientifiques de l'Angleterre. On le considère à juste titre comme l'un des précurseurs des idées modernes sur la constitution de la matière.

Il était déjà connu par la découverte d'un élément nouveau, le thallium, quand l'étude des gaz raréfiés dans les récipients où l'on a fait ce que nous appelons le vide, le conduisit d'abord à l'invention du « radiomètre », qui rendit son nom populaire, puis à celle du « tube de Crookes », qui permit à son tour l'étude des rayons cathodiques, d'où sortit plus tard la découverte des rayons X.

Les propriétés surprenantes des rayons cathodiques amenèrent Sir William Crookes à penser que la matière peut se présenter sous un quatrième état, la « matière radiante », dont les particules seraient constituées par quelque chose de beaucoup plus petit que l'atome; et par une véritable divination, il pressentit que les plus grands problèmes scientifiques trouveraient leur solution dans ce domaine encore obscur, situé à la limite du connu et de l'inconnu, où la matière et la force se confondent. La découverte ultérieure des phénomènes de la radioactivité par Henri Becquerel, celle du radium par Curie, sont venues confirmer d'une façon éclatante les prévisions du savant anglais. C'est à bon droit que Sir William Crookes a été appelé « le père de la physique nouvelle ».

M. Gustaf Retzius, professeur à l'Institut carolin de Stockholm et membre de l'Académie des Sciences de Suède, comptait parmi les anatomistes les plus estimés de ces derniers temps. C'est un des savants qui, par l'emploi des nouvelles méthodes de l'investigation histologique, ont le plus contribué au progrès de nos connaissances sur la structure si délicate du système nerveux dans la série animale.

M. Farlow, ancien professeur à l'Université de Harvard, passait avec raison pour un des maîtres de la botanique aux États-Unis. Formé à l'ancienne discipline, il avait commencé par étudier toutes les branches de cette science, puis il s'était plus spécialement occupé des Champignons parasites, origine de tant de maladies chez les végétaux.

Dans le conflit qui vient d'ensanglanter le monde, il avait, dès le début, manifesté son mépris de la duplicité allemande. L'une de ses nièces, qu'il aimait comme sa fille, s'était enrôlée des premières pour venir soigner nos blessés; chaque année, par des dons généreux et discrets, il soulageait la détresse de veuves ou d'enfants de jeunes savants français tombés au champ d'honneur.

L'Académie des Beaux-Arts a perdu deux de ses membres, MM. Louis Bernier et Georges Lafenestre, et un correspondant, le chevalier de Stuers.

M. Bernier fut essentiellement un architecte de qualités françaises, en ce sens qu'il rechercha toujours la clarté dans la composition, la mesure dans les proportions, la finesse et le goût dans les détails. L'Opéra-Comique, son œuvre maîtresse, édifié dans des conditions si difficiles, l'hôtel, inspiré en grande partie de la renaissance italienne, où notre illustre confrère, M. Bonnat, abrite sa belle vie, les monuments qu'il a élevés aux grands artistes Coquard et Duban, auxquels il eut le périlleux honneur de succéder à l'École des Beaux-Arts comme architecte du Gouvernement, sont des œuvres où se manifestent le plus nettement ses belles qualités. Classique avant tout, traditionnaliste de l'art grec, il a cependant marqué toutes ces œuvres d'un cachet très personnel et très français.

Il était fort attaché à ses idées et il les défendait parfois avec une ténacité irréductible. Mais on le savait si loyal et si bienfaisant, — ses élèves, qu'il a aidés de mille manières, pourraient en témoigner, — qu'on lui pardonnait ses façons quelque peu bourrues.

M. Bernier ne s'intéressait pas seulement à son art, il avait des curiosités multiples et une vaste information. Bibliophile fort averti, il connaissait autrement que par leurs reliures, fussent-elles somptueuses, les livres de sa belle collection dont il a légué les plus remarquables au Musée Condé.

Nous n'oublierons pas les services qu'il nous a rendus à la Commission centrale administrative, ni l'activité qu'il a déployée, durant ces années de guerre, pour préserver les richesses artistiques de l'Institut.

Un peintre, aussi célèbre par son talent que par la parfaite égalité d'un caractère déplorable, disait un jour : les lettres expliquent les arts sans les comprendre et les arts comprennent les lettres sans les expliquer. Votre vénérable confrère, M. Georges Lafenestre a su expliquer les lettres avec une parfaite intelligence des arts et commenter les œuvres d'art en lettré d'une délicatesse infinie. En lui, le poète, « mort jeune chez la plupart des hommes », ne s'est éteint qu'à l'âge de quatre-vingt-deux ans, avec le dernier des Parnassiens. Les vers qu'il nous laisse : *Espérances, Idylles, Images fuyantes, Clochers de France*, sont d'un charme discret, d'une fraîcheur qui les assure contre l'oubli.

Inspecteur des Beaux-Arts, Conservateur des dessins et peintures au Musée du Louvre et professeur de l'histoire de la peinture à l'École du Louvre durant de longues années, il fut appelé à suppléer à la Chaire d'esthétique et d'histoire de l'art du Collège de France, Eugène Guillaume, auquel il devait succéder. Les connaissances requises d'un professeur d'esthétique nous semblent, à nous profanes, véritablement prodigieuses : religion, histoire, philosophie, littérature poétique, technique d'exécution, rien ne doit lui être étranger. Notre confrère connaissait tout de l'histoire des temps dont il étudiait les manifestations artistiques. Il avait vu dans les musées d'Europe et dans les collections tout ce qui valait la peine d'être admiré, et il savait communiquer à ses auditeurs les impressions si vives et si personnelles qu'il avait pieusement recueillies. Si l'on ne doit bien parler que de ce que l'on aime, nul ne pouvait mieux parler d'art que notre confrère, car nul n'en a plus profondément senti le charme pénétrant. L'homme était exquis et tous ceux qui l'ont approché garderont le souvenir de sa naturelle bienveillance.

Le chevalier de Stuers, ministre des Pays-Bas, d'abord à Madrid, puis, à partir de 1885, à Paris, Chambellan de la Reine qui l'avait nommé Conseiller d'État à l'occasion de son cinquantenaire diplomatique, était un grand ami de la France et un fervent admirateur de l'art français. Il tenait de ses origines ses sympathies pour notre pays : son père, en effet, qui fut Général Commandant de l'Armée des Indes, s'enrôla tout jeune dans la Grande Armée et devint officier dans les lanciers rouges de Napoléon.

Collectionneur d'art et amateur réputé, le chevalier de Stuers était aussi un sculpteur de talent. Au cours de son long séjour à Paris, il avait su s'attirer de nombreuses sympathies. Le rôle conciliant dont il fit preuve en maintes circonstances, pendant la guerre, fut particulièrement apprécié par le Gouvernement français.

De toutes nos Académies, celle des Sciences morales et politiques a été la plus éprouvée. Elle a vu disparaître trois de ses membres, MM. Paul Beauregard, Xavier Charmes et le baron de Courcel; deux associés étrangers, M. Théodore Roosevelt et le Grand-Duc Nicolas Michaïlovitch; cinq correspondants, MM. Combes de Lestrade, Joseph Rambaud, Paul Lehr, Auguste Penjon et Paul Bonet-Maury.

Reçu le premier, à l'âge de vingt-trois ans, au concours d'agrégation des Facultés de Droit, M. Paul Beauregard avait fait l'étonnement de ses maîtres par la maturité précoce de son raisonnement et un talent de parole exceptionnel. Chargé d'abord de l'enseignement du droit commercial à la Faculté de Douai, il fut ensuite appelé à Paris à la chaire d'Économie politique. Il traita de cette matière difficile avec une telle autorité qu'il trouva auprès de ses nombreux auditeurs le plus éclatant succès. Professeur à l'École des Hautes Études commerciales, au Conservatoire des Arts et Métiers, à l'École des Sciences politiques, il semblerait que ce labeur considérable eût dû ne lui laisser aucun loisir. Cependant, il trouvait encore le temps de diriger un journal hebdomadaire, *le Monde économique*, où chaque semaine, pen-

dant vingt-cinq ans, il examina les questions à l'ordre
du jour, tâche épuisante dans son implacable régularité,
surtout quand elle s'ajoute à tant d'autres.

Appelé à la Chambre des Députés, un législateur de
cette formation et de cette expérience devait fournir un
appoint précieux aux discussions les plus diverses : politiques, sociales, juridiques. Aussi bien donna-t-il, en
toute occasion, la mesure d'un talent supérieur. Inscrit
au groupe progressiste, il entendait, cependant, ne rester
inféodé à aucun parti, mais servir avant tout la France.

La joie de la victoire avait été, chez notre Confrère,
dont la santé était profondément atteinte, assombrie par
la perte d'un fils tombé au champ d'honneur. Ce choc
était trop rude; il ne put s'en relever. M. Paul Beauregard laissera le souvenir d'un économiste de grand
talent, d'un politique avisé et courageux, ayant en toute
circonstance apporté à la défense de ses opinions et de
la liberté l'éloquence la plus distinguée.

M. Xavier Charmes était le dernier survivant de trois
frères qui ont mérité et tenu des places brillantes dans
la presse littéraire et politique, les Assemblées parle-
mentaires ou les Académies. Entré au Ministère de
l'Instruction publique, il y trouva le goût austère de
l'administration et y devint Directeur de la Comptabilité
et du Secrétariat. Ses fonctions le mettaient en relation
avec l'Institut et avec les autres corps savants dont il avait
le contrôle. On ne tarda pas à apprécier ses rares qualités
administratives, le soin et la compétence qu'il apportait
à l'orientation des recherches. Mais c'est surtout au
Comité des travaux historiques et scientifiques que son

passage aura laissé une trace profonde, car il en fut à la fois le principal ouvrier et le premier historien. On sait la part importante qu'il a prise à la publication des *Documents inédits de l'Histoire de France*, à la création de l'*Institut français d'archéologie du Caire*, à l'organisation d'une *Mission permanente en Tunisie*. Son étonnante activité et sa compétence administrative l'avaient fait entrer dans les Conseils de plusieurs grandes Compagnies auxquels il a fourni le précieux concours de son expérience.

M. le baron de Courcel appartenait à cette race de hauts fonctionnaires qui a fait, de tout temps, l'honneur et la force de la France. Préparé à la carrière diplomatique par son père, qui avait été le secrétaire de Talleyrand, il en franchit tous les échelons, depuis le grade d'attaché d'ambassade à Bruxelles et à Saint-Pétersbourg jusqu'à celui d'ambassadeur à Berlin et à Londres, en passant par le Ministère des Affaires étrangères où il fut longtemps directeur des Affaires politiques.

A son arrivée, en 1881, à l'ambassade de Berlin, où il recueillait la succession de M. de Saint-Vallier, il devait retrouver Bismarck, et l'on devine la lutte qu'il eut à soutenir contre le redoutable chancelier. Il y déploya tant de souplesse, d'habilité et de fermeté que notre empire colonial, dont les ressources durant la grande guerre nous furent si précieuses, put enfin se développer.

Dans le différend relatif aux pêcheries de Behring qui sépara longtemps l'Angleterre et les États-Unis, M. de Courcel fut choisi comme président du tribunal arbitral auquel on s'en remettait pour le règlement du litige. Il apporta dans cette délicate fonction une telle autorité, une telle science de jurisconsulte, une loyauté si éclatante, que la solution à laquelle les partis se rangèrent marquera une date dans l'histoire du droit international.

Si l'Allemagne avait fait, à l'origine, une opposition à notre expansion coloniale, nous devions, par la suite, nous heurter à la résistance de nos voisins d'outre-Manche. M. de Courcel, qui venait d'être nommé ambassadeur à Londres, sut, avec autant d'adresse que de franchise, dissiper les préventions et aplanir les difficultés.

Il s'attendait à la guerre avec l'Allemagne; mais, connaissant son pays pour l'avoir admirablement servi au cours de sa longue et magnifique carrière, il avait gardé toute confiance dans son avenir.

M. Théodore Roosevelt, ancien Président des États-Unis, est sans doute l'une des natures les plus généreuses qui aient été appelées à la direction d'un peuple. Tout ce qui fait l'honneur de la vie, c'est-à-dire tout ce qui vaut la peine de vivre, il l'a cultivé, et c'est pour imposer le respect de ce souverain bien qu'il a recherché le pouvoir. C'est une des plus belles santés morales qui aient jamais existé, une santé dont il semble que le besoin de se répandre et de se communiquer ait été comme la raison d'être. S'il a réfléchi longuement aux problèmes de la morale privée et de la morale sociale, s'il a aimé l'histoire, les lettres, et s'il a écrit lui-même dans le style le plus pittoresque et le plus savoureux, son grand souci a été de susciter l'action, d'empêcher les hommes d'avoir,

comme il dit, des « âmes en bouillie ». Il n'est pas
de meilleur professeur d'énergie que M. Roosevelt.

Nous, Français, nous n'en saurions parler sans émotion
reconnaissante ; car, dès la première heure du conflit, il
a proclamé la nécessité pour l'Amérique de se ranger à
nos côtés, et l'un de ses fils, tué en combat aérien, repose
sur la terre de France. Toute sa vie, d'ailleurs, il avait
pensé qu'une grande nation comme les États-Unis devait
être prête à la guerre. « Parlez doucement et portez une
grosse canne, disait-il avec le proverbe de son pays, et
vous irez loin. » Il faut voir comme il a malmené les
pacifistes, Tolstoï en particulier ! « Si la Russie, écrivait-
il, avait agi d'après la philosophie de Tolstoï, tout son
peuple aurait, depuis longtemps, disparu de la surface de
la terre et le pays serait occupé maintenant par des
tribus errantes de barbares. »

Les barbares qui, aujourd'hui, ont imposé leur joug à
la Russie n'ont rien à envier aux hordes les plus sau-
vages. La liste de leurs victimes s'allonge, hélas, chaque
jour, et nous avons eu l'extrême regret de compter parmi
elles le Grand-Duc Nicolas Michaïlovitch.

Ni ses idées libérales bien connues, ni ses efforts pour
obtenir de Nicolas II les réformes nécessaires n'ont pu
lui faire pardonner son origine. Telle est la logique des
réformateurs ! Le Grand-Duc avait étudié avec un soin
diligent, un souci d'impartialité extrême, l'histoire de
Russie qui va de 1762 à 1825, c'est-à-dire les règnes de
la Grande Catherine, des Empereurs Paul et Alexandre Ier.
Plus de vingt volumes de cette œuvre considérable ont
été traduits en français et ceux de nos confrères qui ont

connu l'auteur avaient autant d'estime pour le savant
que pour l'homme.

L'histoire dira que le sort de la Russie pouvait être
changé, la guerre notablement abrégée, si l'Empereur
Nicolas s'était rendu aux sages conseils que lui donnait
son oncle : proclamer le gouvernement parlementaire,
décréter la responsabilité ministérielle et surtout renvoyer Raspoutine, — Raspoutine, cette tache de boue
indélébile sur une cour de bas empire finissant! Dans une
démarche suprême, le Grand-Duc découvre aux yeux du
tsar le mal tout entier; il l'adjure de prendre la décision qui peut sauver à la fois son peuple et son trône.
L'Empereur, un instant, semble convaincu; mais entre
temps, dit-on, l'Impératrice a une crise, et le lendemain
Nicolas Michaïlovitch prend le chemin de l'exil.

Quand il rentre à Pétrograd, la révolution a triomphé
et, par les soins de l'Allemagne, ce sera désormais Lénine
qui guidera la marche de ce grand peuple. Dans cette
détresse sans nom, le Grand-Duc ne veut pas quitter son
pays, espérant toujours que l'instinct de la conservation
réveillera les réflexes de la nation et qu'elle se dressera
contre cette domination abjecte. Hélas! le gouffre où
sombre la Russie ne fait que s'approfondir. Traîné de
prison en prison, Nicolas Michaïlovitch tombe à la fin
de janvier 1919 sous les balles des gardes rouges.

Tant qu'il en avait eu la liberté, il était resté en correspondance avec notre éminent confrère, M. Frédéric
Masson, son ami de vingt ans. « Je désire, lui écrivait-il
un jour, que mon cri de détresse, de profond désespoir,
parvienne jusqu'à vous, jusqu'à cette belle France que

j'adore et dont, de toute mon âme, je partage journelle-
ment les angoisses. »

Nous n'oublierons pas cet ami de la France et nous
saluons respectueusement sa mémoire.

Parmi les correspondants que l'Académie des Sciences
morales a perdus, le vicomte Combes de Lestrade appartenait à la section d'économie politique et de statistique.
Sorti de l'École polytechnique, il avait complété ses études
de droit public en Russie, en Allemagne, en Italie et
s'était fixé en Sicile, à Raguse. où il a fait paraître en
français de nombreux ouvrages relatifs à la sociologie,
aux finances, au droit politique contemporain.

M. Rambaud faisait partie de la même section. Il avait
professé le droit romain, puis l'économie politique à la
Faculté libre de Lyon. L'œuvre qu'il a publiée dans ce
dernier domaine est considérable. Son *Histoire des doc-
trines économiques* a obtenu un grand succès et un maître
en la matière, M. Paul Leroy-Beaulieu, la tenait en
haute estime.

M. Lehr fut aussi un juriste éminent. Après l'occu-
pation de l'Alsace par les Allemands en 1871, il avait
quitté Strasbourg pour se fixer à Lausanne, où il fut
aussitôt chargé d'enseigner le droit français. C'était un
de ces esprits généreux qui pensaient pouvoir arriver
à la paix entre les nations en les rapprochant par des
règlements internationaux, et il employa la plus grande
partie de son existence au développement de l'*Institut de
droit international* qui prépara l'organisation des Confé-
rences et de la Cour de La Haye. On sait ce que l'Allemagne a fait de ce beau rêve !

Entré à l'École normale en 1863, M. Penjon y suivit les cours de Lachelier, dont l'influence fut grande sur l'orientation de sa carrière. Sa thèse sur la vie et les œuvres de Berkeley, qui nous révélait la personnalité originale du philosophe écossais, lui valut d'être appelé à la chaire de philosophie de la Faculté de Douai. Ses traductions ou commentaires des ouvrages les plus connus de Locke et de Spir, ses nombreux écrits sur la psychologie et la métaphysique l'avaient classé parmi les esprits les plus distingués de la philosophie moderne.

Quand les Allemands occupèrent Douai, il avait pris la garde de la bibliothèque municipale et, malgré son grand âge, il la défendit avec une rare énergie. Jeté en prison, il subit l'évacuation de la ville dans les conditions les plus pénibles et ne put survivre aux souffrances qu'il avait endurées.

M. Bonet-Maury avait exercé le ministère pastoral d'abord en Hollande, puis en France, avant d'être chargé du cours d'histoire ecclésiastique à la Faculté protestante de Paris. Ses écrits sur les précurseurs de la Réforme et les origines du christianisme universel le désignaient pour cet enseignement dont il voulut étendre les bornes par d'autres ouvrages, où se remarque avant tout le souci le plus scrupuleux de la vérité. Esprit tolérant, libre et libéral, nature aimable et charitable, il a toujours et partout prêché l'union des religions, la concorde et la paix.

Tous ces confrères disparus ont eu du moins l'immense consolation de la victoire et la vision d'une France appelée à reprendre, dans le calme d'une paix réparatrice, le cours de ses glorieuses destinées. Gardons-leur un pieux souvenir, car tous ils ont contribué à enrichir le patrimoine intellectuel et moral de l'humanité.

Messieurs, avec la cessation des hostilités, les biens de l'Institut, et en particulier ses musées et ses collections, pour lesquels, à plusieurs reprises, on ne fut pas sans crainte pendant la guerre, ont retrouvé aujourd'hui leur état normal. C'est un devoir pour votre Président d'adresser un remerciement à ceux de nos confrères et à leurs collaborateurs qui en avaient la garde et qui ont pris les mesures nécessaires pour sauver ce qui pouvait l'être du pillage ou de l'incendie.

En 1914, au mois de septembre, la marée allemande, brisant les digues humaines qui l'avaient retenue, a déferlé sur Chaalis. Mais l'ouragan passa si vite, qu'à part le vol d'objets contenus dans les vitrines et l'enlèvement des chevaux et voitures, les dommages furent médiocres.

A Paris, au moment où l'on a dû redouter pour les collections du Musée Jacquemard-André les bombes d'avions, huit des plus beaux tableaux et les tapisseries de Beauvais furent expédiés en province par les soins de M. Frédéric Masson, auquel l'Administrateur du garde-meuble apporta un concours infiniment précieux. A Chaalis, comme à Paris, le public a été admis de nouveau à visiter les collections, dans les conditions où l'autorise le testament de la donatrice.

Chantilly avait eu, en septembre 1914, la visite des Allemands, qui trouvèrent devant eux notre confrère

M. Élie Berger. Les objets les plus précieux et les moins encombrants avaient été évacués sur Toulouse à la fin du mois d'août et aucun dommage ne résulta pour le château de cette incursion.

La tranquillité fut relative jusqu'en 1918; mais, au mois de juillet, une nouvelle avance de l'ennemi étant à redouter et les bombardements par avions devenant inquiétants, il fallut déménager en hâte et expédier à Dijon tous les objets de valeur.

Ce ne fut pas sans inquiétude que l'on procéda à l'ouverture des caisses parties en 1914 et restées depuis cette date au fond d'un wagon. Dans quel état allait-on trouver la Vierge de Raphaël et bien d'autres toiles précieuses? Ces craintes, heureusement, furent vaines et même, ce qui semble paradoxal, les tableaux ont gagné au voyage et sont aujourd'hui plus charmants et plus clairs que jamais! C'est que le conservateur, M. Macon, n'est pas seulement un homme érudit et aimable, mais qu'il est encore un technicien habile, capable de soigner ses tableaux aussi bien que d'écrire leur histoire. Chacun des livres a été de même remis à sa place par lui, et il eût été difficile de mieux faire.

Je me reprocherais de ne pas accorder encore une courte mention à l'hôpital, créé et entretenu par l'Institut à l'hôtel Thiers. Il a été fermé à la fin du mois de décembre dernier. Les blessés qui y ont été amenés, pendant plus de quatre années, y ont trouvé, en même temps que les soins éclairés de nos médecins et de nos chirurgiens, un précieux réconfort moral. Vous vous souvenez des rapports faits chaque année à ce sujet par M. Frédéric

Masson. Ils rendent justice au zèle et au dévouement de
ceux qui ont collaboré à notre œuvre; mais il m'appartient de combler une lacune de ces comptes rendus, en
disant que notre éminent confrère se dévoua sans compter
à l'administration d'une entreprise dont il fut l'âme, sans
craindre d'altérer sa santé par un labeur incessant. La
mort, hélas! a enlevé quarante-trois de nos grands
blessés. On relira toujours avec émotion les paroles que
l'Administrateur, accompagné de Mgr Baudrillart, pro-
nonça au cimetière sur la tombe de chacun de ces soldats
obscurs, mais glorieux, tombés pour la France. Comme
l'a dit notre confrère, « tous, marchant du même pas, ont
suivi les mêmes routes, subi la même mort. Il y eut
des variétés dans le courage, il y eut unanimité dans
l'acceptation des destinées ».

Messieurs, il n'est pas possible que tant de vies
humaines aient été fauchées en vain. C'est à nous maintenant, après la victoire, de travailler de toutes nos forces,
dans le culte des souvenirs et l'union des cœurs, à la réalisation de nos communes espérances.

La paix a été, pour quelques-uns, comme une désillu-
sion. Il dépend de nous qu'elle soit meilleure que les
diplomates n'ont pu la faire. Et qui donc pouvait croire
qu'après un bouleversement inouï, des destructions sans
nombre, la vie allait reprendre aussitôt son cours normal?
Le voyageur sorti des montagnes marche encore longtemps dans leur ombre; la commotion formidable qui a
secoué le monde n'épuise pas ses effets en un jour.

Certes, quand il s'agit de la sécurité et de la grandeur

de la patrie, la critique part du plus haut souci, de la plus
noble passion. Mais on a si mal parlé de la paix qu'on en
est venu à oublier ses avantages, dont l'un des plus appré-
ciables est déjà qu'elle n'est plus la guerre. Le sang a
cessé de couler! Aux heures les plus angoissantes de son
passé, — et Dieu sait si elle en a connu, — la France est
sortie d'abîmes au fond desquels tout autre peuple fût
resté englouti. Grâce à sa puissance de rénovation, à sa
souplesse d'adaptation aux circonstances les plus tra-
giques, notre pays saura faire fructifier la paix en élevant
son effort à la hauteur des nécessités de l'avenir.

Nos Académies, représentation si brillante de l'unité
nationale et de l'harmonie française, ne failliront pas
plus à la tâche de demain qu'elles n'ont manqué à celle
d'hier. Elles se donneront allègrement au devoir sacré et
s'honoreront de contribuer, sous les formes diverses de
leur activité, à faire toujours plus prospère une France
qui n'a jamais été plus glorieuse.

MAITRE ALIBORON

ÉTUDE ÉTYMOLOGIQUE

PAR

M. ANTOINE THOMAS

DÉLÉGUÉ DE L'ACADÉMIE DES INSCRIPTIONS ET BELLES-LETTRES

MESSIEURS,

Dans la savante et ingénieuse Préface qui ouvre l'avant-dernière édition du *Dictionnaire de l'Académie française*, Villemain a écrit :

La science étymologique est, selon le caractère des recherches, ou une curiosité tantôt facile, tantôt paradoxale, ou une étude féconde, qui, d'un côté tient à la partie la plus obscure de l'histoire, de l'autre à l'analyse de l'esprit humain, à l'invention des langues, et à la perfection de la parole.

L'Académie des Inscriptions et Belles-Lettres, au nom de laquelle j'ai l'honneur de [parler ici, n'est portée ni à la recherche facile, ni au paradoxe. L'étymologie n'est cultivée parmi nous que comme une branche de l'histoire

5

proprement dite, dont elle suit la méthode rigoureuse. Des textes, encore des textes, toujours des textes : telle est la condition nécessaire pour que cette branche cesse d'être un pur jeu d'esprit, comme elle l'était au temps de Ménage et comme elle l'est peut-être encore dans certains cénacles mondains.

Le véritable étymologiste doit faire œuvre de philologue, c'est-à-dire s'enquérir de tous les textes, les ordonner, les interroger, les faire parler clair sans pourtant leur donner la question, les écouter impartialement, et ne conclure qu'après avoir tout pesé. En présentant ses conclusions au public, il pourra jeter du lest, car c'est la valeur des témoignages, et non le nombre, qui importe. Mais plus il restera sur son lest, mieux cela vaudra : faute de cailloux, le Petit Poucet, quoique né malin, se serait probablement égaré.

Il pourra aussi recourir à l'induction, car sans induction la science humaine serait bien courte, et suppléer ainsi les documents qui lui manqueront, soit que le temps les ait à jamais détruits, soit que la poussière des archives et des bibliothèques les dérobe momentanément à sa connaissance.

Mais c'est assez parler à côté ; abordons de front la question proposée. Qu'est-ce que *maître Aliboron* ?

Le premier écolier venu répondra avec assurance, comme Littré : « C'est un âne. » Et peut-être, comme Littré l'a fait lui-même en tête de son article, citera-t-il La Fontaine :

> Pour un Asne enleué deux voleurs se battoient...
> Arriue un troisième larron
> Qui saisit *Maistre Aliboron* (1).

Pourtant l'édition princeps du *Dictionnaire de l'Académie françoise*, publiée en 1694 et à laquelle La Fontaine a pu collaborer, puisqu'il n'est mort qu'en 1695, ne nous enseigne rien de pareil. Elle dit textuellement : « On « appelle *Maistre aliboron*, un homme qui veut se mesler « de tout, qui fait le connoisseur en tout (2) ». En 1762, cette définition s'allongea d'une courte proposition péjorative : « et qui ne se connoît en rien ». Ainsi allongée, elle continua de vivre pendant la Terreur, comme beaucoup d'autres choses en France, heureusement; mais le règne de Louis-Philippe lui fut fatal. Depuis 1835, en effet, l'illustre *Dictionnaire* n'enregistre la locution qu'avec le sens d' « homme ignorant, stupide, ridicule ». Cela à l'article *Aliboron*; à l'article *Maître*, il ajoute, pour ménager la transition : « qui ne se connaît en rien ».

Recherchons d'abord si *maître Aliboron* a désigné primitivement un âne ou un homme ; nous verrons ensuite comment cette expression s'est formée et à quelles circonstances elle doit d'avoir pénétré dans le vocabulaire de notre langue.

Il est fâcheux que nous n'ayons plus la commodité d'interroger La Fontaine lui-même sur ce sujet. Le « bonhomme » avait l'abord facile; il se serait prêté volontiers à ce que nos journalistes appellent, à la mode d'outre Manche, une *interview*. Nous en avons pour garant son contemporain Pierre Richelet, auteur d'un *Dictionnaire françois* qui n'a pas le ton grave de celui de l'Académie, mais dont la lecture n'est pas moins profitable pour être plus récréative. L'article *Touselle* de Richelet est savoureux, et il mérite d'être cité en entier, ou presque :

Touselle, sf. La *touselle* est une sorte d'herbe ou de plante, et c'est tout ce que j'en puis dire. On ne connoît point à Paris cette herbe. J'ai consulté plusieurs greniers ou grenetiers et plusieurs herboristes fameux : ils m'ont tous dit qu'ils ne savoient ce que c'étoit que la *touselle*. Là-dessus j'ai vu le célèbre Monsieur de la Fontaine à qui, après les premiers compliments, j'ai dit : « Vous vous êtes servi du mot de *touselle* dans vos *Contes* (3) ; et qu'est-ce que *touselle* ? — Par Apollon, je n'en sai rien, m'a-t-il répondu, mais je crois que c'est une herbe qui vient en Touraine, car Messire François Rabelais, de qui j'ai emprunté ce mot (4), étoit, à ce que je pense, Tourangeau. »

Ce n'est pas seulement ce mot de *touselle* (5), mais aussi notre locution qui se trouve chez Rabelais ; La Fontaine était trop familier avec le livre de l'illustre Tourangeau pour l'ignorer. Panurge la décoche à Nazdecabre, le devin muet qu'il a consulté sur son avenir matrimonial, quand celui-ci lui répond par une mimique si violente qu'elle dégénère en voies de fait (6). D'âne il n'est pas question en l'occurrence.

Il est très probable que l'auteur des *Fables* s'est inspiré directement du *Testament de Goulu*, poème badin de Jean-François Sarasin, mort en 1654, où l'âne paraît, ne fût-ce qu'au figuré. On lit dans cette pièce :

> Ma Sotane (7) est pour *Maistre Aliboron*,
> Car la sotane a sot Asne appartient (8).

A qui en avait le facétieux poëte et qui visait-il sous le nom de *maître Aliboron?* On l'ignore : mais il est permis de croire que seul le plaisir de faire un jeu de mots avec *sotane* et *sot asne* lui suggéra l'idée de prendre le nom de l'innocent solipède pour doubler et incliner en mauvaise part la locution traditionnelle. Trouvant côte à côte chez Sarasin *maître Aliboron* et un âne, ce n'est pas l'âne que

La Fontaine a volé — il en avait déjà un, qu'il tenait d'Ésope — c'est *maître Aliboron*. Alors, brouillant les cartes, il s'est diverti à coiffer son âne du titre de *maître Aliboron*. Depuis cette espièglerie de notre « grand enfant », âne et homme sont restés rivés l'un à l'autre, solidaires, voire interchangeables.

Semivirumque asinum semiasinumque virum,

aurait dit Ovide, s'il avait pu prévoir cette métamorphose. Et même, avouons-le, la claire conscience de cette dualité a disparu aujourd'hui : dans la raison sociale qui se transmet de génération en génération, le public ne connaît plus l'homme dont le nom y figure seul en titre, il ne voit que l'âne. On s'en aperçut bien à la salle Wagram quand, au cours d'une conférence qui eut beaucoup de retentissement, *maître Aliboron* fut cité à la barre par un de nos plus illustres confrères (9) : toute la salle se donna à cœur joie de crier haro sur le baudet. C'était avant le pacte d'union sacrée : il y a longtemps, très longtemps. Singulière fortune d'un méchant calembour, que d'en venir à troubler l'entendement de tout un peuple ! Ainsi se forme, ainsi plutôt se déforme le langage dans les pays trop cultivés, où l'esprit est à si bon marché que les hommes le donnent aux bêtes, sans souci du lendemain.

Mais laissons le XXe siècle poursuivre ses destinées, et remontons par delà le XVIIe.

Les écrits du XVIe siècle où l'on a signalé notre locution sont trop nombreux pour être étudiés ici en détail (10). D'ailleurs, dans la plupart d'entre eux, *maître Aliboron* ne figure que par allusion ou comme sobriquet.

C'est ainsi qu'on le trouve dans la *Confession de Sancy*
d'Agrippa d'Aubigné (11), dans la *Vie des hommes illustres
et des grands capitaines françois* de Brantôme (12), dans les
Contes et discours d'Eutrapel de Noël du Fail (13), dans
L'Esté, recueil de nouvelles de Benigne Poissenot (14),
dans *Les Esprits*, comédie de Pierre Larivey (15), dans la
farce de *Maistre Mimin estudiant* (16), et enfin, par delà
Rabelais, dans le *Modus de choreando bene*, poème en latin
macaronique d'Antoine Arène (17); et dans le *Livre de
la Deablerie* d'Éloi d'Amerval (18). Nous ne le voyons réellement mis en scène que dans les *Nouvelles des regions de
la Lune*, pamphlet anonyme imprimé en 1595 comme supplément de la *Satyre Menippée* et dont Cyrano de Bergerac
s'est inspiré plus tard : là nous pouvons nous rendre
compte que notre personnage est une création littéraire
d'ancienne date, puisqu'il tient compagnie à deux autres
« chercheurs de fortune » qui se nomment Roger Bon-
temps et le Franc-Archer de Bagnolet (19).

Il semble que nous assistions à cette création même en
lisant un monologue anonyme, composé peu de temps
après la bataille de Fornove (1495) et popularisé par
l'imprimerie dans les premières années du XVIe siècle. Ce
monologue, en vers, porte le titre suivant : *Les Ditz de
maistre Aliborum qui de tout se mesle et sçait faire tous mestiers, et de tout rien*. Trois éditions gothiques, devenues
très rares, en attestent le succès. Ce texte a été réimprimé
deux fois au XIXe siècle, notamment en 1855 par mon
très regretté maître Anatole de Montaiglon, qui y a joint
une instructive préface (20). Les premiers vers suffisent
à en donner une idée :

> Je m'esbahis en moy tres grandement
> Du grant engin et grant entendement,
> Du grant scavoir, fantasie et memoire
> Qui sont en moy, et m'esbahis comment
> Ung seul engin peult faire seurement
> Tant de choses comme je scay bien faire.

Un monologue beaucoup plus ancien, dont le cadre est le même, existe dans notre littérature en langue d'oc : il remonte au XIIIe siècle. L'homme qui sait faire tous métiers n'y porte pas de nom : comme c'est le nom, plus que la chose, qui nous intéresse, nous n'avons pas à nous y arrêter (21).

L'auteur de langue d'oïl, qui écrivait peu après la bataille de Fornove, a-t-il inventé ce nom énigmatique ? Il n'a assurément pas ce mérite. *Maître Aliboron* était une expression courante longtemps avant la fin du XVe siècle. Les preuves du fait abondent ; je ne citerai que les plus significatives et les moins connues.

Voici d'abord, en remontant l'ordre chronologique, deux documents d'archives, rigoureusement datés.

Le premier est une quittance, du 25 mai 1487, qui porte la signature autographe d'Antoine de Cugnac, seigneur de Dampierre, conseiller et maître d'hôtel de monseigneur le duc d'Orléans et de Milan. On y apprend que le futur roi Louis XII avait à son service, comme chirurgien, un *maistre Aliborum* en chair et en os, qui toucha soixante-quinze sous tournois pour avoir « pencé et « habillé deux hommes d'armes prisonniers, lesquelz es- « toient blleciez » (22). Nous n'avons pas d'autre renseignement sur ce chirurgien, mais nous tenons pour assuré que

c'est son sobriquet, plutôt que son nom véritable et légal,
qui figure dans la quittance.

Si quelqu'un avait le moindre doute à ce sujet, le second
document, dont je dois la communication à une étudiante
en Sorbonne, Mlle Droz, l'en débarrasserait à coup sûr.
Il est tiré d'un registre de la Chambre des comptes de
René d'Anjou, roi sans royaume, mais prince magnifique,
amateur épris de toutes les curiosités de la nature, de
l'art et des belles-lettres, maniant la plume et le pinceau
plus volontiers que l'épée. Deux lignes seulement, pour
constater un paiement fait à Avignon, le 17 juin 1478,
mais qui valent tout un long poème, celui dont j'ai cité le
début tout à l'heure. En voici le texte :

A Pierre, le paintre, la somme de dix florins, pour avoir paint
maistre Aliborum et tous ses houstilz (23).

De quel prix ne paierait-on pas aujourd'hui l'œuvre
de ce primitif, peintre ordinaire du roi René, dont
d'autres documents ont fait connaître le nom complet et
la patrie, Pierre Garnier, d'Angers! Mais gardons-nous
d'éveiller la convoitise des collectionneurs; nous risque-
rions de tenter quelque faussaire. Remarquons seulement
le parfait accord de la peinture et de la poésie : qui sait
faire tous métiers doit être peint avec tous ses outils.
Pierre Garnier a dû beaucoup travailler pour gagner hon-
nêtement ses dix florins.

D'ailleurs, un peintre n'était pas alors à court de modèles pour représenter *maître Aliboron*; la littérature dra-
matique de l'époque en fait foi. Nous possédons une
« moralité » où quatre personnages sont mis en scène :

Chascun, *Plusieurs*, le *Temps* et le *Monde*. Dans une des scènes, le *Temps* prononce des paroles qui rappellent singulièrement le monologue cité ci-dessus :

> Car mon sçavoir et ma pratique
> Est sy très grant, où je l'applique
> J'en ay tout mon vouloir entier :
> Aussy je suys de tout mestier,
> Comment on voyt à mes outis.

Et devançant la pensée des spectateurs, *Chascun* en fait lui-même la remarque :

> A la teste
> Se bonnet ront, cornes, cornete,
> Tant de papiers, c'est vn grand nombre,
> Tant d'engins, l'un droict, l'autre contre :
> Te semble un *maistre Aliborunt* (24).

Ces vers nous apprennent, d'une part, que *maître Aliboron* montait à l'occasion sur les tréteaux, porteur d'un costume symbolique familier au public devant lequel se jouaient les « moralités », et, de l'autre, que les dramaturges ne se faisaient pas scrupule d'exploiter au gré de leur fantaisie la vogue de notre personnage et de son costume (25).

Sa physionomie morale est plus difficile à saisir.

Dans le mystère de la *Passion*, d'Arnoul Greban, représenté au plus tard en 1452, il apparaît fort inopinément. Lorsque, selon la tradition évangélique, les valets du bourreau ont mis un sceptre dans la main de Jésus et qu'ils l'ont couronné « de gros roseaux », l'un d'eux, Orillart, lui dit en goguenardant (26) :

> Or menez feste.
> Sire roy, *maistre Aliborum!*

Et son acolyte, Griffon, ajoute :

Hé! *ave, rex Judeorum!*

Il est clair que, dans la pensée de ces misérables, *maistre Aliborum* est un titre très relevé, employé par dérision. comme celui de « roi des Juifs ». Le mystère de *Sainte Geneviève*, probablement contemporain de la *Passion*, nous fournit une preuve non moins assurée du prestige de ce titre. Écoutez la complainte de l'Aveugle :

Nul n'a cure de povre gent.
Se je fusse roi ou regent,
Ou un grant *maistre Aliboron,*
Chascun ostast son chaperon,
On m'inclinast, on me fist rage.
Je feusse tenu pour trop sage (27).

Pourtant tous les écrivains de l'époque ne s'inclinent pas devant cette royauté. Un auteur un peu oublié de nos jours, que Gaston Paris considère comme un des trois poètes les plus remarquables du XVe siècle et qu'il place à côté de Charles d'Orléans et de François Villon, en lui sacrifiant Alain Chartier lui même, Martin Le Franc, dans son *Champion des Dames*, fait dire par l'Adversaire du sexe féminin à l'adresse de Franc-Vouloir, qui refuse de croire au pouvoir des sorciers :

Tu es bien *maistre Aliborum*
Si tu ne crois qu'il se puist faire ;
Le *Secreta secretorum*
D'Albert ne dit pas le contraire (28).

Pour Martin Le Franc, qui est un lettré, l'expression de *maistre Aliborum* désigne manifestement un ignorant. Il en est de même aux yeux de Pierre Michault, secré-

taire de Charles le Téméraire. On peut s'en rendre
compte par ce passage de son *Doctrinal*, ouvrage daté de
1466 :

> Il est advis à ces très vaillans hostes,
> A maistre Pierre, à *maistre Aliboron*
> Que ce soit d'eulx Tulles ou Aristotes,
> Et ils ne sont que ignorans ydiottes
> Qui ne sceurent oncq entendre liçon (29).

Nous voilà fort embarrassés sur la valeur primitive de
notre expression. Qui devons-nous croire en définitive,
ceux qui l'élèvent ou ceux qui l'abaissent? Le dernier
texte que nous avons à citer, le plus ancien chronologi-
quement, n'est pas fait pour nous tirer d'embarras : c'est
Satan lui-même qui en bénéficie, et, comme on sait, le
diable est difficile à confesser. Le texte est extrait du
procès de Giles de Rais, ce lamentable maréchal de
France qui mourut sur le bûcher, à Nantes, le 26 octobre
1440. Au cours de l'instruction, exactement le 17 octobre,
un témoin affirma avoir entendu dire à un prêtre nommé
Eustache Blanchet, parlant d'un sorcier renommé, Fran-
cesco Prelati (30), que ledit Blanchet, par ordre du
maréchal, était allé chercher en Italie et avait amené en
Bretagne : « Il fera venir *maistre Aliborum* ». Le procès-
verbal, rédigé en latin, donne ces mots sous la forme
française, et il les commente ensuite de façon à ne laisser
aucun doute sur le sens de l'expression employée par
messire Eustache Blanchet, au moins dans l'esprit du
témoin, car il ajoute : *intelligendo dyabolum per illud voca-
bulum Aliborum* (31).

Là s'arrête notre documentation positive : aucun texte

daté ne mentionne *maître Aliboron* avant 1440. Nous scru-
terons tout à l'heure les ténèbres des origines. Donnons
d'abord la parole aux étymologistes.

Le plus ancien est Daniel Huet, évêque d'Avranches,
auxiliaire de Bossuet pour l'éducation du Grand Dau-
phin. Ignorant tout de la question, Huet l'a résolue au
pied levé en imaginant une anecdote dont les érudits
sérieux s'égaient depuis plus de deux siècles. Je le cite
textuellement : « Ce mot [il veut dire : « ce nom »] me
« semble avoir été donné par dérision à quelque advocat
« ignorant qui, lorsqu'on plaidoit en latin, voulant dire
« qu'un homme n'est pas recevable à ses *alibi*, dit : *Nulla*
« *habenda est ratio istorum aliborum*, ou quelque chose de
« semblable (32). » Ménage applaudit, et raffine encore la
conception de son devancier : « Monsieur l'abbé Huet,
écrit-il, croit avec beaucoup d'apparance (*sic*) qu'*aliborum* en
« cette façon de parler est le génitif d'*alibi*, et que *Maistre*
« *aliborum* a été dit premiérement d'un homme fécond
« et subtil à trouver des *alibi* » (33).

Touchant accord! Si Ménage avait beaucoup de vanité,
pas une goutte de fiel n'entrait dans son âme. C'est bien
à lui pourtant que l'évêque d'Avranches avait adressé,
peu de temps auparavant, au sujet de leurs études communes, une lettre doctrinale, où les compliments ne
servent qu'à dorer une pilule très amère :

Je vous l'ai dit souvent, Monsieur, et je vous le répète encore :
si vous étiez moins habile étymologiste que vous n'êtes, vos étymologies seroient meilleures, vous seriez plus circonspect, et vous
vous assujettiriez aux règles et aux principes. Mais comme vous
possédez souverainement la matière, que vous savez parfaitement

les permutations des lettres, et que vous avez de grandes lumières dans les langues originales, et dans celles qui ont quelque affinité avec la nôtre, vous vous mettez au-dessus des loix ; et votre confiance vous fait hazarder des paradoxes et des origines incroyables et insoûtenables... De là sont venuës ces étymologies monstrueuses, qui vous ont attiré tant de reproches... (34).

Huet connaissait bien l'Évangile, car il avait publié, dès 1679, une *Demonstratio evangelica*, mais il n'avait pas médité à fond cette parole de saint Matthieu : « Comment « dites-vous à votre frère : Laissez-moi tirer une paille « de votre œil, vous qui avez une poutre dans le vôtre ? »

Au XVIII⁰ siècle, Le Duchat, commentateur de Rabelais, rattache le nom d'*Aliboron* à la même famille linguistique que celui d'*Albert*, et il croit retrouver dans notre personnage le célèbre Dominicain Albert le Grand, devenu populaire sous le nom de Grand Albert grâce à des ouvrages de magie que d'impudents faussaires lui ont attribués (35).

L'étymologie continue à aller à l'aventure pendant le siècle que nous avons vu finir, malgré les progrès de la philologie.

En 1839, un égyptologue obscur, Camille Duteil, qui accusait Champollion « de n'avoir rien compris aux « hiéroglyphes et de ne pas même avoir eu la connaissance « exacte et complète d'un symbole » (36), enseignait à ses lecteurs que l'âne était le symbole de la divinité dans les sanctuaires de Thèbes et de Jérusalem, qu'il portait le nom d'*alhiboroun*, décomposable en *al* « grand », *hi* « dieu », *bor* « souffle » et *oun* « principe », donc signifiant : « dieu grand principe de vie », et que de là venait le *maître Aliboron* de La Fontaine (37).

L'année suivante, un immigré allemand, G. A. L. Henschel, que la librairie Didot chargea, on ne sait pourquoi, de diriger une réimpression du *Glossarium* de Du Cange, prétendit expliquer notre expression comme signifiant le « vieux », c'est-à-dire le diable, et il forgea, pour les besoins de la cause, un mot d'ancien-haut-allemand, *alihoran*, qui n'a pas plus de réalité linguistique que l'âne symbolique de Camille Duteil.

En 1855, rééditant les *Dilz de maistre Aliborum*, Anatole de Montaiglon ne cache pas qu'il est assez difficile de rendre raison de ce nom. Il constate que les idées de Le Duchat et de Duteil ont peu d'approbateurs, et il attire l'attention sur la présence du mot *aliboron*, non accompagné du mot *maître*, dans une branche du *Roman de Renart*, où il semble désigner une plante (38). « La plante « *aliboron* ne seroit-elle pas une modification du latin *elle-* « *borum* ? » Ainsi parle A. de Montaiglon ; puis sans s'arrêter à satisfaire la curiosité du lecteur, il poursuit sa course légère : « Plus tard, on se sert du mot pour dési- « gner un niais, un sot, un important... »

En 1863 commence à paraître le *Dictionnaire* de Littré. A l'article *Aliboron*, en tête de l'étymologie, on lit : « mot « d'origine douteuse ». L'illustre philologue se contente de mentionner quelques-unes des hypothèses émises avant lui (39), notamment celle qui consiste à décomposer tout bonnement notre mot en *ari* « va » et *bouron* « baudet » et qui, depuis, a eu l'heur de plaire à l'illustre Frédéric Mistral, grand poète, mais étymologiste sans autorité. Littré la tient en suspicion, objectant qu'elle ne peut se concilier ni avec *aliboron*, nom de plante, ni avec le sens primitif, qu'il estime devoir être celui de « personnage de conséquence ».

En 1865, commentant Littré, l'*Intermédiaire des chercheurs et des curieux* déclare que la signification primitive est celle de « docteur » ou de « savant », et il pose la question suivante : « Connaît-on quelque docteur de la « scolastique dont le nom s'approche d'*Aliboron*, et assez « célèbre pour être considéré comme le type de l'homme « savant? » Deux chercheurs de marque répondent contradictoirement : Alfred Franklin soutient en quelques mots la candidature de Salomon-ben-Gabirol, Juif espagnol de Malaga, connu dans la scolastique sous le nom d'*Avicébron;* Marcel Devic, que Littré semble avoir approuvé plus tard dans son Supplément, plaide longuement en faveur d'Al-Birouni, célèbre cosmographe arabe, originaire du Turkestan (40).

On ne se soucie plus aujourd'hui, et à bon droit, ni de l'une ni de l'autre de ces célébrités scolastiques; c'est l'ellébore qui est en faveur. Et vraiment il semble qu'on était fondé à dire à l'étymologie :

> Ma commère, il faut vous purger
> Avec quatre grains d'ellébore.

Pour l'avoir entrevu, dès 1855, Anatole de Montaiglon a droit à quelques égards. Mais encore fallait-il trouver un rapport de sens, satisfaisant pour l'esprit, entre le nom de la plante et le nom du personnage, pour écarter l'hypothèse d'une coïncidence fortuite de son entre deux mots différents. Eugène Rolland, auteur d'une volumineuse *Flore populaire*, dont sept volumes ont paru de son vivant et quatre depuis, sans qu'elle soit parvenue à son terme, a pu croire, avant de mourir, qu'il avait dit le dernier mot en faveur de cette étymologie botanique, et cela dès son premier volume, paru en 1896. Après avoir cité le *Roman de Renart*, il poursuit en ces termes : « A une certaine époque l'*helleborum*, corrompu « en *aliboron*, était la panacée par excellence, préconisée « par les charlatans. Par suite, on a pu appeler *maître* « *Aliboron* un charlatan, un mauvais médecin, un igno-« rant, un âne, au figuré d'abord et finalement au pro-« pre » (41). Mais qui ne voit que Rolland appartient encore à l'école des Huet et des Ménage? Et comment ne pas se ranger à l'avis de Gaston Paris qui, dès 1890, écrivait (42) : « Qu'en ancien français, *aliboron*, emprunté « par les herbiers ambulants au latin *elleborum*, ait désigné « l'ellébore, ce n'est pas douteux; il n'est pas tout à fait « aussi sûr que le *maistre Aliboron qui de tout se mesle* « doive son surnom à la plante favorite des charlatans »?

Messieurs, je me crois en mesure de vous persuader qu'il y a de l'ellébore dans le nom de *maître Aliboron*; je dirai plus : qu'il n'y a que de l'ellébore, que *maître Aliboron* est proprement l'ellébore fait homme. Mais la filiation imaginée par Rolland, contestable au point de vue des lois de l'esprit humain, perd toute raison d'être en présence de la réalité historique telle qu'elle va nous apparaître. Il ne s'agit pas d'une évolution de sens, mais des conséquences d'un grossier contre-sens commis au IXe siècle. Un texte de cette époque lointaine, qui a

échappé à tous nos étymologistes, ne laisse aucun doute
sur ce point. Il n'est pas inédit, mais c'est tout comme :
enfoui depuis plus de cinquante ans dans les *Notices et
extraits des manuscrits* publiés par notre Académie, il est
resté improductif pour la science jusqu'à ce jour.

On sait combien l'histoire littéraire de la France a
d'obligations à Barthélemy Hauréau, mort le 29 avril
1896, à la fondation Thiers, dont il a été le premier directeur. Personne chez nous n'a connu comme ce « Béné-
dictin laïque », auteur d'une célèbre *Histoire de la philosophie scolastique*, la littérature latine du moyen âge;
personne n'a fouillé les manuscrits avec plus de persévé-
rance, pour en arracher, souvent par lambeaux, les œuvres
qui forment la base de cette connaissance. Ce fut pour
lui une grande joie que de trouver, un jour, dans le manuscrit latin 12960 de la Bibliothèque nationale, le texte,
considéré comme perdu, du commentaire de Jean Scot
Érigène sur Martianus Capella, et de pouvoir en publier
quelques fragments, en 1862, dans le recueil des *Notices
et extraits*.

Né et élevé en Irlande, où la culture des lettres était
florissante, Jean Scot Érigène vint en France vers 845, et
y trouva l'accueil le plus flatteur. La première Renaissance, provoquée par Charlemagne, avait de la peine à se
soutenir dans notre pays, déchiré par les querelles politiques; mais le nouveau roi des Francs, s'il n'était pas
empereur, comme son aïeul, — il le devint sur le tard —
était, comme lui, dévoué à la cause des écoles. Jean Scot
Érigène, « cet homme vraiment extraordinaire, qui appor-
« tait des rives lointaines de l'Irlande un grand fonds de

« connaissances et de superstitions alexandrines » — c'est ainsi que nous le présente Hauréau, — fut l'Alcuin de Charles le Chauve. Mais venons au fait, et voyons comment l'illustre Irlandais commente Martianus Capella.

On sait que cet auteur, né en Afrique dans la seconde moitié du Ve siècle, a laissé à la postérité une œuvre allégorique, en vers et en prose, qui a pesé lourdement sur la pédagogie du moyen âge; aucun traducteur n'a osé la faire passer dans notre langue, malgré son titre alléchant : *Les noces de Mercure et de la Philologie*. C'est une encyclopédie qui ne vaut pas celle de Diderot, ou, du moins, qui ne s'inspire pas du même esprit. Le livre quatrième traite de la Dialectique, dame égyptienne que Parménide amena en Grèce, où elle se mit au service de Socrate, de Platon, etc. Après avoir consacré à Chrysippe le vers 16, Martianus Capella consacre le suivant, assez obscur de prime abord, à son rival Carnéade :

Carneadesque parem vim gerat (43) *elleboro.*

Pour bien entendre ce vers, il faut connaître une particularité du régime auquel se soumettait Carnéade en certaines occasions, particularité que nous a révélée Valère-Maxime. Quand il devait soutenir une lutte oratoire contre Chrysippe, Carnéade prenait une potion d'ellébore : *cum Chrysippo disputaturus elleboro se ante purgabat* (44). Le vers de Martianus Capella doit donc se traduire ainsi : « Et « Carnéade, aussi fort que Chrysippe grâce à l'ellébore. »

Jean Scot Érigène était, pour son temps, un très grand philosophe, il n'en faut pas douter; mais il n'avait pas lu Valère-Maxime. Fâcheuse lacune, qui a eu les consé-

quences les plus imprévues. Notre Irlandais s'est persuadé
et il a affirmé qu'Elléboron était un philosophe grec de
la même secte que Carnéade (45)! Cette erreur mons-
trueuse ne tarda pas à porter ses fruits. Dès la génération
suivante, un autre commentateur de Martianus Capella,
Remi d'Ausserre, fondateur de la première école d'enseignement supérieur qui ait fleuri à Paris, emboîta réso-
lument le pas, et, avec une imperturbable confiance, il
écrivit : « En dialectique, les philosophes qui obtinrent
« le premier rang sont Aristote, Chrysippe, Carnéade et
« Elléboron » (46).

Avec de pareils patrons, Elléboron ne pouvait manquer
d'obtenir ses lettres de maîtrise. Au XIVe siècle, nos
trouvères parlent couramment de « maître Pitagoras (47) »,
de « maître Platon (48) », etc. (49). Comment s'étonner
que dès lors, sinon plus tôt, l'un d'eux ait eu l'idée de
conférer le même titre à ce nouveau venu et de faire
servir son nom ronflant à donner plus de vogue au type
déjà populaire de l'homme universel ou soi-disant tel? Il
est permis de supposer qu'il a existé une rédaction du
monologue de *maistre Aliborum* antérieure d'au moins
un siècle à celle qui nous est parvenue. Ainsi se compléta
naturellement et se fixa l'état civil de celui que sa naissance même vouait d'avance au rôle qui lui a été attribué
par un spirituel trouvère. N'étant rien, il pouvait être
tout. Il fut « *maistre Aliborum* qui de tout se mesle et
sçait faire tous mestiers, et de tout rien ».

En somme, il suffit de rapprocher l'*aliboron* signalé par
Anatole de Montaiglon dans le *Roman de Renart* de l'*Elléboron* relevé par Barthélemy Hauréau dans Jean Scot

Érigène, pour que l'étymologie s'impose aux plus scep-
tiques (50). L'étymologiste n'y met rien du sien; il n'est
qu'un agent de liaison : il ne crée pas, il raccorde. Dans
les sciences historiques et philologiques, tout raccord est
un record, je veux dire un souvenir et un enseignement.

Comme il est regrettable que le grave historien de la
philosophie scolastique n'ait pas été plus familier avec la
littérature légère de nos malins ancêtres, et que le joyeux
éditeur des *Fabliaux* et de tant de livres « de haulte
gresse » n'ait pas fait des œuvres de Jean Scot Érigène
son épée de chevet! D'ailleurs très dissemblables par leurs
goûts et par leur genre de vie, ces deux grands érudits
que furent Barthélemy Hauréau et Anatole de Montaiglon
se coudoyaient parfois, mais se connaissaient à peine :
ils fouillaient, classaient, rédigeaient, publiaient, chacun
dans sa chacunière. On s'imagine volontiers qu'en se bor-
nant à regarder dans un puits on y trouvera la vérité.
C'est bien à tort : il faut nous donner la main les uns aux
autres et faire la chaîne pour ne pas la laisser échapper.
Une meilleure organisation du labeur philologique aurait
fait gagner un demi-siècle à la science. Il y a plus de cinquante ans, en effet, que l'étymologie de *maître Aliboron*
aurait dû être trouvée et versée à la caisse des écoles.

Messieurs, dans ce qu'on appelle la vie des mots, qui est
en réalité la vie des hommes, il y a des choses qui font
frémir. Le dossier de l'affaire *Aliboron* est particulièrement
scandaleux. Permettez-moi cependant de prononcer, avant
de finir, quelques paroles de mansuétude en faveur du
premier coupable et de son complice avéré.

Certes Jean Scot Érigène et Remi d'Ausserre sont main-

tenant en mauvaise posture devant la postérité : le devoir strict d'un commentateur est de comprendre le texte
qu'il prétend commenter, et ils ont gravement manqué
à ce devoir. Pourtant ne les accablons pas de nos sar-
casmes; épargnons-leur les gémonies. Le flambeau de la
science antique, rallumé par Charlemagne, est devenu entre
leurs mains un lumignon fumeux. Sans doute; mais n'est-
ce pas quelque chose que de ne l'avoir pas laissé éteindre
tout à fait? La grandeur de la tâche peut ennoblir l'inexpé-
rience de l'ouvrier quand celui-ci est de bonne foi : tout
est préférable à la grève des bras croisés. Soyons donc
indulgents, et même reconnaissants, à ces ouvriers de
la première heure. Nous ne pouvons oublier, en effet,
qu'ils travaillèrent avec ferveur, sinon toujours avec
discernement, à nous rendre la civilisation des Grecs et
des Romains, ce trésor inestimable que l'invasion des
hordes germaniques avait soustrait à l'humanité, et dont,
aujourd'hui, l'humanité, sauvée une seconde fois des barbares, acclame la puissance tutélaire et salue le prestige
à jamais restauré.

NOTES

———

(1) *Fables*, I, 13 ; texte conforme à celui de l'édition princeps (1668).

(2) Tome II, p. 12, col. 1, sous MAISTRE. Les deuxième et troisième éditions (1718-1740) écrivent *Aliboron*, avec une majuscule, comme la raison l'exige. On ne comprend pas pourquoi l'Académie est revenue à la minuscule en 1762 et s'y obstine encore en 1878. Furetière, mort en 1688, se tient à l'orthographe ancienne : *maistre Aliborum*, qui est aussi celle d'Antoine Oudin, *Seconde partie des Recherches italiennes et françoises* (Paris, 1642), p. 350.

(3) *Le Diable de Papefiguière*, conte imité de Rabelais, vers 61, 64, 67, 80, 91 et 137.

(4) Livre IV, chap. 45 : « Il le semoit de *touzelle*. »

(5) Nom languedocien d'une variété de froment dont les épis n'ont pas de barbes. Le mot dérive du latin *tonsus*, tondu ; l'Académie l'a admis dans son *Dictionnaire* en 1762 et l'y a maintenu depuis.

(6) Livre III, ch. 20 : « Que diable veult prétendre ce *maistre Aliborum* ? »

(7) Aujourd'hui *soutane*, mot emprunté à l'italien *sottana*.

(8) *Œuvres* (Paris, 1656), 2ᵉ partie, p. 60.

(9) *Les Mauvais instituteurs*, conférence prononcée à Paris, le 6 mars 1907, à la grande réunion de la salle Wagram, par Maurice Barrès, de l'Académie française, député de Paris (Paris, aux bureaux de « La Patrie française »).

(10) La plupart ont été cités, en dernier lieu, par M. Lazare Sainéan dans la *Revue des études Rabelaisiennes*, t. IX (1911), p. 249 et suiv.

(11) *Œuvres*, édit. Réaume et de Caussade, t. II (1877), p. 331 : « Sur ce point, nous depeschames ce *maistre Aliborum* du Fay, instrument trompeur et trompé, comme il a paru par son testament, auquel il a confessé avoir trahi le parti de Dieu. » C'est par erreur que M. Sainéan déclare (*Revue des études Rabelaisiennes*, t. IX, p. 253), que « déjà d'Aubigné accompagne le nom de l'âne du sobriquet de *maistre Aliborum* ».

(12) Édition Lalanne, t. V, p. 148, Vie du maréchal de Biron : « La royne mere, quand elle avoit quelque grand affaire sur les bras, l'envoyoit querir... et avoit son grand recours en luy. Luy mesme, en goguenardant, il disoit qu'il estoit un *maistre Aliboron* qu'on employoit à tout faire. »

(13) Du Fail applique l'expression à un apothicaire ignorant nommé maistre Pierre, conte XXIV (*D'un apothicaire d'Angers*), éd. princ. (1585), p. 130 : « L'vn de nos compagnons appellé Gringalet, voulut vn iour descourir plus au long l'impudence de ce galant, comme les bons esprits font perpetuelle guerre à l'ignorance, et à la gloire sa compagne : et passant... vis à vis sa boutique, ce *maistre aliboron* ne faillit incontinent... à tirasser Gringalet par la manche de son manteau. »

(14) Paris, 1583, fol. 110 vᵒ, seconde journée, histoire troisième : « Qu'il vienne de delà les monts quelque messer, ou bien de quelque autre contree, qui se vante d'estre un *maistre aliboran* (sic) en tout, et guerir de toutes maladies, et plusieurs autres, comme nous parlons vulguerement, ne diriez vous pas, à voir l'estime en laquelle on le tient, que c'est quelque chose plus que naturelle? »

(15) Acte III, sc. 1, dans *Les Comedies facecieuses*, 2ᵉ édit. (Rouen 1601), p. 253-4 : « Quand i'ay conté à ce *maistre aliboron*, qui est autant sorcier que moy, ce que io voulois qu'il fist, il a commencé à faire du scrupuleux. »

(16) Réimprimée dans Édouard Fournier, *Le Théâtre français avant la Renaissance* (Paris, 1872), p. 317 :

> *Tenez, quel maistre Aliborum !*
> *Comme il faict ce latin trembler !*

(17) *Antonius Arena prouincialis de bragardissima villa de Soleriis. Ad suos compagnones studiantes...* (Lyon, 21 janv. 1538, anc. st.), fol. cviii rᵒ :

> *Consulo te super hoc, qui rabbim crederis esse,*
> *Mestrus aliborus omnia scire putans :*
> *Hoc opus, hic labor est, istum cognoscere punctum*
> *Quem declaravit Bartholus ipse male.*

(18) Édition princeps (Paris, 1508), fol. Hiiijᵃ, livre II, chap. 44 :

> sᴀᴛʜᴀɴ, s'adressant à Lucifer.
>
> *M'enten tu, maistre Aliborum ?*
> *Opera enim illorum,*
> *Dit saint Jehan, secuntur illos.*

(Communication d'Émile Pɪcoᴛ).

(19) *Satire Menippee*, éd. Tricotel (Paris, 1877-1881), t. II, p. 19 : « Le premier et plus apparent d'entre eux se nommoit en son village

Aliboron, ioli Monsieur, ou maistre pour le moins, homme à tout faire et grand raillard. »

(20) *Recueil de poésies françoises des XV° et XVI° siècles*, t. I, p. 33 et suiv. Les derniers mots du titre : « et de tout rien », que ne donne pas A. de Montaiglon, figurent dans une édition gothique décrite par Émile Picot (*Romania*, 1887, t. XVI, p. 500), dont nous suivons la leçon.

(21) On peut voir ce qu'en dit Émile Picot, *Romania*, 1887, t. XVI, p. 496-497.

(22) Original à la Bibliothèque Nationale, ms. français nouv. acq. 3643, pièce n° 942. Le scribe a représenté la dernière lettre d'*Aliborum* par une barre horizontale placée sur l'*u*, ce qui a entraîné Léopold Delisle à la fausse lecture *Aliborun* (*La collection de Bastard d'Estang*, n° 942).

(23) Original aux Archives départementales des Bouches-du-Rhône, B 2483, fol. 15. Le scribe a écrit *Aliborum* en abrégé; induit en erreur par l'abréviation de la syllabe *rum*, M. l'abbé G. Arnaud d'Agnel a imprimé *Aliboz* dans son recueil intitulé : *Les comptes du roi René* (Paris, 1908), t. I, p. 194, art. 547.

(24) Le Roux de Lincy et Francisque Michel, *Recueil de forces, moralités*, etc. (Paris, 1837), t. III, 2° pièce, p. 16.

(25) En analysant la « moralité » que nous venons de citer, Petit de Julleville dit à tort que « le *Temps* est habillé en fou » (*Répertoire du théâtre comique en France au moyen âge*, p. 45).

(26) Vers 22930 de l'édition G. Paris et G. Raynaud (Paris, 1878). Les éditeurs ont imprimé : *Aliboron*, mais les variantes sont en faveur de la leçon *Aliborum*.

(27) Achille Jubinal, *Mystères inédits du quinzième siècle* (Paris, 1837), p. 287.

(28) Bibliothèque nationale, ms. français 12476, fol. 107, cité par M. Arthur Piaget dans sa thèse sur Martin Le Franc (Lausanne, 1888), p. 241, note 1 (communication de M¹¹⁰ Droz).

(29) Bibliothèque nationale, ms. français 1654, fol. 29 (communication de M¹¹⁰ Droz).

(30) Une étude spéciale sur ce « sorcier » a été annoncée, en 1902, par M. Petit-Dutaillis (voir E. Lavisse, *Histoire de France*, t. IV, 2° partie, p. 185, note); on l'attend toujours.

(31) L'attention a été attirée, dès le XVIII° siècle, sur cet important témoignage par Carpentier dans son supplément au *Glossarium* latin de Du Cange. Le texte intégral, publié par René de Maulde, se lit dans le livre que l'abbé Eugène Bossard a consacré à Giles de Rais (Paris, 1886), pièces justificatives, p. LXXXIX.

(32) Huet avait communiqué directement cette étymologie à Ménage

au moment où celui-ci travaillait à une deuxième édition de ses *Origines de la langue françoise*, ouvrage publié en 1650, et où il n'y a pas d'article ALIBORUM ; cette édition, dont l'impression était très avancée quand Ménage mourut, parut en 1694, sous le titre de *Dictionnaire étymologique*. Le texte de Huet n'a été imprimé que plus tard, dans le recueil cité plus loin, note 34.

(33) MÉNAGE, ouvr. cité, article *Aliborum*.

(34) *Dissertations sur diferens sujets*, composées par M. Huet,.., recueillies par M. l'abbé de Tilladet (La Haye, 1720, t. II, p. 111.

(35) Édition de Rabelais publiée à Amsterdam en 1741, t. I, p. 433 : « Ainsi Albert le Grand, qui a passé pour alchimiste et magicien, pourroit bien être le prototype de tout autant d'hommes extraordinaires qu'on a jusqu'à présent qualifiés de *maîtres Aliborons*, Albert, Alberon, Auberon, Oberon, Aliboron n'étant, selon moi, qu'un seul et même nom diversement corrompu. »

(36) *Dictionnaire des hiéroglyphes*, 1er volume (Bordeaux, 1839), préface, p. VI.

(37) Ouvrage cité, p. 1 et suiv.

(38) Édition Méon, v. 19309 ; édition Martin, t. I, p. 379, v. 1345. Plus exactement, comme on le voit par la suite du récit, édition Martin, v. 1645 : *Aliboron* (variante, t. III, p. 366 : *Aliborum*) *que il avoit, Qui si fort oignement estoit*, il s'agit d'un onguent à base d'ellébore.

(39) Ne sachant pas bien l'allemand, Littré s'est mépris sur le terme *altboran*, forgé par Henschel : il traduit *boran* par « ennemi », tandis que, dans la pensée de Henschel, *boran* serait pour *geboran* « né », aujourd'hui en allemand *geboren*. L'expression authentique, par laquelle l'ancien-haut-allemand rend le latin *antiquus hostis*, est *altfiant*, où *fiant* signifie réellement « ennemi. »

(40) *Intermédiaire*, t. II, col. 739 ; t. III, col. 58 et col. 276-279. Devic a repris son idée dans son *Dict. étymol. des mots françcais d'origine orientale*, dont la seconde édition est incorporée dans le supplément de Littré.

(41) *Flore populaire*, t. I (1896), p. 77, note 4.

(42) *Romania*, t. XIX, p. 352.

(43) *Gerat*, subjonctif présent de *gero*, est gouverné par la conjonction *licet*, exprimée plus haut, au vers 12.

(44) VALÈRE-MAXIME, livre VIII, chap. VII, 5.

(45) *Parem vim*, id est sectam similem, id est : Carneades et ELLEBORON dividunt, Crisippus autem cumulat (*Notices et extraits des manuscrits*, t. XX, 2e partie, p. 12). Une première rédaction, non publiée par Hauréau, nous est fournie par le même manuscrit, fol. 74 r° : « *Parem vim*, similem sectam ; Carneades et ELLEBORO dividebant, Crysyppus autem cumulabat. »

— 58 —

(46) Hauréau, mémoire cité. Voici le texte de Remi d'Ausserre, tel qu'il se lit dans le manuscrit latin 8786 de la Bibliothèque nationale, fol. 49 v° :

« Licet Carneades gerat parem vim (id est similem sectam) et Elleboron (scilicet gerat parem vim illi, scilicet Crysippo) : hi duo philosophi logica specialiter usi sunt... Licet multi (id est philosophi) in diversis artibus floruerint, in nulla tamen arte tam (vel tantum) gloriati sunt, vel talem apicem consecuti qualem in dialectica, in qua principatum hi philosophi obtinuerunt : Aristoteles, Crysippus, Carneades et Elleboron. » Dans le manuscrit latin 8674, fol. 39 v°, on lit en outre : « Et quamvis Aristoteles floruerit in decem categoriis inventis, et Crisippus in genere et specie, et Stoici in sophismatibus, Carneades et Elleboron in loicis (*sic*, pour *logicis*)... »

(47) Traduction de la *Consolatio* de Boèce, par Renaud de Louhans, manuscrit français 578 de la Bibliothèque nationale, fol. 578, fol. 7ᵈ ; de même dans une traduction postérieure, qui est souvent un plagiat de celle de Renaud de Louhans, manuscrit français 577, fol. 9ᵃ.

(48) Traduction du même ouvrage par un anonyme, dit l'Anonyme de Meun, manuscrit français 576, fol. 38ᵇ.

(49) Renaud de Louhans désigne le devin Tirésias sous le nom de « maistre Thiresie » (manuscrit cité, fol. 50ᶜ).

(50) La présence dans le *Roman de Renart* des formes concurrentes *aliborum* et *aliboron*, pour désigner un remède à base d'ellébore, suffit à attester que, dans le passage du latin savant à la langue vulgaire, les deux premières syllabes, *elle*, ont été altérées en *ali*. Sans insister sur cette altération, je note que dans une traduction hébraïque de l'arabe, faite à Marseille au xiiiᵉ siècle, le nom vulgaire de l'ellébore noir, transcrit en caractères hébraïques, se lit : *alibourous nigra* (Dʳ Lucien Leclerc, *Histoire de la médecine arabe*, t. I, Paris, 1876, p. 447). En ancien français, on trouve au xvᵉ siècle *alebore* pour « ellébore » (Rolland, *Flore pop.*, I, 87). Actuellement, nos patois méridionaux hésitent entre *elebor, alibor, aliboro, liboro*. De leur côté, nos patois de langue d'oïl ont des formes telles que *aliborgne, liborne, liboura*, etc. (*ibid.*, I, 77-78).

L'ART DE LA TAPISSERIE

PAR

M. MAURICE FENAILLE

DÉLÉGUÉ DE L'ACADÉMIE DES BEAUX-ARTS

MESSIEURS,

L'étude comparée des tapisseries et tapis anciens conservés dans nos collections publiques et particulières peut être faite dans un simple but de curiosité, et ce but n'est pas négligeable, puisqu'il s'agit d'ouvrages d'une réelle beauté. Mais on peut aussi le faire avec le désir d'y rechercher et la certitude d'y découvrir les règles et les principes grâce auxquels les maîtres ouvriers d'autrefois avaient résolu les problèmes techniques de leur métier et porté leurs ouvrages au degré de perfection qui justifie leur prix et leur renommée.

A propos de l'exposition organisée à Beauvais par M. Jean Ajalbert, M. Edouard Herriot écrivait : « Aujourd'hui en-

core, — aujourd'hui plus que jamais, — notre patrie doit
rayonner par les industries de luxe dont elle a eu si longtemps le privilège. » La tapisserie de haute lisse et de basse
lisse est une de ces industries de luxe. Elle a la faveur
de la mode. Le goût du confort et du luxe qui se géné-
ralise dans tous les pays lui assure un brillant avenir et
de nombreux débouchés. Mais il faut qu'elle revienne à
des méthodes trop oubliées ou trop méconnues. Il faut
que nos manufactures nationales enseignent aux peintres,
aux chefs d'ateliers, aux teinturiers, aux ouvriers de
lisse, les règles et les principes établis par leurs illustres
devanciers, qu'elles soient le conservatoire d'un métier
noble et délicat entre tous, afin de fournir à l'industrie
privée les directions intelligentes et la main-d'œuvre exer-
cée qui lui manquent. Elles joueraient ainsi un rôle capi-
tal, le rôle qui leur appartient dans la renaissance d'un
art éminemment français, le rôle joué au XVIIe siècle par
la Manufacture Royale des Gobelins qui fut une pépinière
d'artistes excellents sous la surintendance de Colbert et
de Louvois. Bref, il faut que se renoue la chaîne des traditions malheureusement interrompues; ce travail n'a pas
d'autre but que d'y contribuer.

L'art de la Tapisserie de haute et basse lisse et du
tapis sarrazinois a brillé en France avec tant d'éclat pendant plusieurs siècles qu'il est juste de lui faire une place
au même titre que les arts de traduction et d'interprétation, comme la gravure, la mosaïque, le vitrail et l'émail-
lerie. Cet art remonte à la plus haute antiquité et paraît
avoir été conservé et transmis en Europe par les peuples
orientaux. Il en est de même du tapis à point noué d'une

technique et d'un emploi différents, mais exécuté avec les mêmes matières sur un métier de même disposition. Une origine commune relie ces deux fabrications qui ont été pratiquées simultanément en Chine, en Perse, en Asie Mineure, à Bagdad, en France et en Espagne.

Nous ne rappellerons pas les principes de la fabrication matérielle de la tapisserie. La tapisserie de haute lisse, comme le tapis de la Savonnerie, s'exécute sur un métier analogue à chaîne verticale.

Au moyen âge et au XVIe siècle la tapisserie est exécutée au moyen d'un petit nombre de couleurs choisies parmi les plus solides et la simplicité du travail n'exclue pas les qualités de richesse du tissu, d'expression et d'exactitude dans le dessin. Grâce à cette simplicité, le modèle était reproduit rapidement.

Les plus anciens fragments de tapisseries de nos collections sont représentés par des tapisseries coptes, parties d'ornements religieux et de vêtements provenant de tombeaux égyptiens du IIe et du IIIe siècle de notre ère.

D'autres fragments, d'origine orientale ou européenne, datant du Xe siècle et des siècles suivants, sont conservés dans les trésors de nos églises et au Musée des tissus de Lyon.

A partir du XIIe siècle, les documents abondent dans nos archives, sur la fabrication des tapisseries et des tapis, sur les matières employées, laines, soies, fils d'or ou d'argent, sur les prix et sur les sujets représentés.

Les tapisseries de la période antérieure au XVIe siècle conservées dans nos collections sont des plus précieuses

pour l'histoire de l'Art, car elles représentent exactement
les peintures murales et les tableaux de la même époque
qui, à part de rares exceptions, ont tous disparu.

Les peintures de la Tour de la Garde-Robe de l'époque
de Clément VI, au Palais des Papes à Avignon, qui représentent des Chasses, une cueillette de fruits, un bassin
où l'on pêche, des nymphes au bain, sont des exemples
remarquables de la peinture murale au XIVe siècle, et la
similitude de ces fresques avec les tapisseries de la même
époque est complète, soit dans l'exécution des fleurettes
du premier plan, soit dans la perspective en usage avant
la Renaissance.

Les tapisseries des XIVe et XVe siècles de la cathédrale
d'Angers, de Saumur, de l'hospice de Beaune, du trésor
de Sens, de la Chaise-Dieu, de Reims et des Musées du
Louvre, des Gobelins et de Cluny nous représentent exactement les peintures qui décoraient les églises et les
châteaux.

Les tapisseries avaient l'avantage de pouvoir se trans-
porter et de servir pour les fêtes, processions, joutes,
sacres et entrées des rois. Les tentures de l'hospice de
Beaune étaient placées sur les murs des salles aux jours
de fêtes et de visites.

Le roi René d'Anjou traversant la France et l'Italie
pour se rendre d'Angers à Aix-en-Provence, et de là à
Naples, emportait, parmi un bagage considérable, des
étoffes précieuses et des tapisseries pour décorer les salles
des châteaux où il s'arrêtait.

Le centre le plus fameux de la fabrication des tapisseries religieuses ou civiles du moyen âge demeura à Arras

pendant plus de deux cents ans jusqu'à la fin du XV⁰ siècle.

Paris possédait aussi des ateliers fameux de tapis sarrasinois et de tapisseries. Nicolas Bataille exécutait en 1340 la suite de l'*Apocalypse* conservée à Angers.

Le *Roman de la Rose* est un des sujets le plus à la mode à cette époque. L'*Histoire de Gombaut et Macé*, originaire de Paris, et gravée sur bois, servit de modèle à de nombreuses *suites*, tant à Paris qu'à Bruxelles, aux Gobelins, à Tours et à Aubusson.

En dehors de ces ateliers fixes, il existait des entrepreneurs qui se déplaçaient et établissaient des métiers dans les couvents et les châteaux où on leur confiait des travaux.

La tenture de *l'Histoire de Henri III*, en 27 pièces, fut exécutée de cette façon de 1632 à 1636 par Claude de Lapierre au château de Cadillac pour le duc d'Épernon. Plus tard, Fouquet établit à Maincy, près de Vaux-le-Vicomte, une fabrique de tapisserie à son propre usage, fabrique où Le Brun essaya ses premiers modèles. Cette fabrique confisquée par Louis XIV fut un des éléments de la création des nouveaux Gobelins en 1662.

De même que les peintures murales et les miniatures, les tapis de pied et les tapisseries étaient encadrés dans des bordures d'ornements.

Ces bordures, très simples et étroites aux XIV⁰ et XV⁰ siècles et de ton s'harmonisant avec le sujet de la tapisserie, s'enrichissent sous la Renaissance et parviennent en France sous les peintres Ph. de Champaigne, Simon Vouët et Le Brun, à une variété et une beauté exceptionnelles.

La bordure avait toujours été considérée comme un élément essentiel de la tapisserie.

La suppression des bordures ou leur remplacement au XVIIIe siècle par des reproductions de cadres dorés marquent la décadence de la tapisserie.

Les travaux de la manufacture établie par François Ier à Fontainebleau sont peu connus. Il existe de rares pièces de cette époque. La suite de tapisseries de l'*Histoire de Diane* conservée au château d'Anet et au musée de Rouen est un des exemples les plus précieux de notre art de la tapisserie à cette époque.

Au même siècle, à Bruxelles, à Bruges, à Oudenarde et autres villes des Flandres, Charles-Quint faisait exécuter des pièces qui sont parmi les chefs-d'œuvre de la tapisserie. Raphaël, Jules Romain, Albert Dürer, Bernard Van Orley, Lucas de Leyde, avaient fourni des modèles qui furent copiés pendant tout le XVIe siècle.

Le Palais Royal de Madrid possède une partie importante de ces tentures de Charles-Quint, et c'est là qu'il faut admirer, dans le climat exceptionnel qui conserve les œuvres d'art, les tentures tissées d'or et d'argent d'une patine remarquable et sans aucune oxydation du métal.

Les jeunes artistes français qui vont profiter bientôt de la fondation Vélasquez à Madrid pourront étudier ces chefs-d'œuvre en même temps que les Vélasquez, les Rubens et les Goya si admirablement conservés du musée du Prado.

Le musée Victoria et Albert à Londres possède sept cartons de Raphaël de la suite des *Actes des Apôtres*. Ces cartons proviennent de la collection de Charles Ier d'Augleterre et sont un des modèles les plus précieux des cartons de tapisserie de la Renaissance.

Le dessin, quoiqu'il soit exécuté dans la dimension de la tapisserie, est d'une grande simplicité et les tons ne sont indiqués que par des teintes très légères.

Un atelier de tapisserie comprenait un ou plusieurs peintres spéciaux, un chef d'atelier, un teinturier, les tapissiers au nombre de trois ou quatre par métier, un chef de rentraiture chargé de la couture, de la réparation ou des modifications dans la tapisserie.

Les modèles étaient rarement de la dimension des tapisseries. Les artistes donnaient leurs dessins ou leurs tableaux en dimension réduite. Les peintres attachés aux ateliers établissaient le modèle d'après ces documents, en utilisant les couleurs de tapisserie de l'atelier, en enrichissant les étoffes et les costumes, en choisissant les bordures, en distribuant l'or ou l'argent dans les pièces les plus riches et en ajoutant au besoin les accessoires de premier plan nécessaires à l'équilibre de la composition. Les couleurs employées par chaque centre de fabrication permettent de reconnaître aujourd'hui l'origine des tapisseries, sans qu'il y ait besoin de marque de fabrique ou de renseignement sur le sujet de la pièce.

Il faut remarquer que ces couleurs de tapisserie étaient en petit nombre et choisies parmi les plus solides.

A la fin du XVIIe siècle, les Gobelins exécutèrent avec succès des copies de tapisseries flamandes du XVIe siècle qui appartenaient à la Couronne :

Les Chasses de Maximilien.

Les Mois Lucas.

Les Mois arabesques.

Les Fructus Belli.

La Tenture de Scipion.

Ce travail ne fut pas inutile; il donna au tapissier l'occasion de reproduire des pièces d'ancienne tradition et d'anciens coloris de la période la plus réputée de la fabrication de Bruxelles. Ces tapisseries furent exécutées dans des conditions de rapidité inconnues depuis la fondation de Louis XIV.

Les couleurs des laines et soies employées pour ces copies se sont trouvées d'une telle solidité et d'une telle valeur que l'on a cru longtemps qu'il y avait eu, à la fin du XVIIe siècle aux Gobelins, une réforme et une grande amélioration de la qualité de la teinture, alors qu'il n'y avait eu qu'un emploi normal et inattendu des couleurs choisies sous la Renaissance à Bruxelles, comme les couleurs de tapisserie les plus solides.

Les soixante dessins de l'*Histoire d'Artémise*, commandés en 1562 par l'apothicaire Nicolas Honel à la gloire de Catherine de Médicis et exécutés par *les plus excellents peintres, tant de l'Italie que de la France,* sont de simples dessins au trait rehaussé de gouache, mesurant environ 0^m,55 de longueur sur 0^m,40.

Le peintre Antoine Caron aurait exécuté une partie de ces dessins et le peintre Henry Lerambert fut chargé d'établir les modèles des tapisseries d'après les dessins.

Rubens a donné plusieurs séries de modèles pour la tapisserie : *Le Manège* et *l'Histoire de Constantin.* Ces derniers tableaux, mentionnés dans l'Inventaire de François de la Planche de 1627, sont décrits :

Douze petits dessins peints en huile, sur des planches de bois, de
la main de P. P. Rubens, représentant l'*Histoire de Constantin*,
prisés . . . . 1 000 livres

F. Boucher, vers 1730, exécuta une série de maquettes
pour la *Tenture Chinoise* de Beauvais. Ces petits tableaux
sont conservés au Musée de Besançon.

De simples dessins ou maquettes peintes, confiés aux
peintres attachés aux manufactures, paraissent donc suffire
à l'exécution des modèles.

A la fin du XVIe siècle, le luxe de la tapisserie pénétra
avec tant de vogue dans la décoration des châteaux et des
hôtels que le roi Henri IV appela à Paris, en 1601, et
installa au Palais des Tournelles, aux Galeries du Louvre,
puis aux Gobelins, sous la direction du sieur de Fourcy,
intendant des bâtiments, toute une colonie de tapissiers
flamands avec les chefs d'atelier François de la Planche
et Charles Comans.

Des maîtres comme Le Poussin, Eustache Lesueur,
Philippe de Champaigne, Sébastien Bourdon, Simon Vouët,
fournirent des modèles de tapisseries et de bordures.

La tenture d'*Artémise*, la *Vie de la Vierge* de Ph. de
Champaigne conservée à la cathédrale de Strasbourg,
l'*Ancien Testament*, *Renaud et Armide*, *Ulysse* de Simon
Vouët, la *Vie de saint Gervais et de saint Protais* sont parmi
les plus beaux exemples de cette époque.

L'ensemble de ces grandes compositions, l'expression
des personnages, la richesse et la variété des bordures,
nous donnent la vision des peintures décoratives et des
plafonds de cette époque, presque tous disparus aujour-
d'hui.

Si la vie des décorations peintes n'est que de deux cents ou trois cents ans au plus, il serait à désirer que la tapisserie, dont la durée peut être du double, fût employée à la reproduction des magnifiques fresques de Puvis de Chavannes.

La guerre nous a prouvé combien la vie et la conservation de ces peintures étaient fragiles. La décoration de Puvis de Chavannes au musée d'Amiens n'a été sauvée qu'à grand' peine et non sans fortes meurtrissures.

La manufacture des tapis façon de Perse et du Levant fut fondée par Henri IV en 1604, à peu près à la même époque que la manufacture des Gobelins. En 1627, cette fabrication fut transportée à la Savonnerie de Chaillot.

Le luxe des tentures et des tapis, des ameublements — sièges, lits, paravents — en tapisserie ou en Savonnerie fut alors à son apogée en France. Le nombre des ateliers était de douze aux Gobelins avec soixante métiers employant plus de deux cents tapissiers.

En 1662, Louis XIV, voulant consacrer et organiser à son profit les industries d'art, en donna la direction au peintre Le Brun et réunit aux Gobelins les ateliers de tapisseries, de sculpture, de broderie, de mosaïque, d'ébénisterie, d'orfèvrerie et de gravure.

Colbert, plus généreux que Sully, entra dans les vues de son maître et organisa la Manufacture des Meubles de la Couronne.

Il avait été à bonne école en s'instruisant dans sa jeunesse aux achats et aux choix de Mazarin que l'on peut citer parmi les collectionneurs de tapisseries les plus éclairés.

Mazarin ne se contentait pas d'acquérir, au milieu d'objets d'art de toutes sortes, les tapisseries anciennes, il recherchait également les pièces modernes et payait 60000 livres une seule *tenture d'Abraham* d'après Simon Vouët.

La manufacture de la Savonnerie profita des mêmes faveurs que les Gobelins et produisit sous Louis XIV l'admirable série des tapis de la Grande Galerie de Versailles.

Les peintres qui fournissaient des modèles à la Savonnerie, à la fin du XVIIe siècle, sont Claude Audran, Blain de Fontenay, Jean-Baptiste Monnoyer, Desportes.

Dès leur transformation, les Gobelins cessent d'être une manufacture privée ; tous les produits des Ateliers sont livrés au Roi pour le service du Mobilier de la Couronne et celui des Présents du Roi.

Ch. Le Brun modifia la technique suivie sous Louis XIII aux Gobelins en augmentant le nombre des couleurs de tapisseries et en employant des bruns et des gris que le temps a complètement altérés. Le temps a également détruit les peintures de Le Brun, alors que celles de Simon Vouët ont conservé une fraîcheur exceptionnelle.

Presque toutes les tentures tissées sous la direction de Ch. Le Brun sont à la gloire de Louis XIV : *l'Histoire du Roi, les Maisons Royales, les Saisons, les Éléments, les Muses, les Batailles d'Alexandre, les portières aux armes du Roi.*

Ces grandes tentures ne servaient pas à la décoration des Galeries de Versailles. Beauvais fondé en 1664 fournissait toutes les tentures nécessaires aux appartements.

Les grandes tapisseries de Le Brun, trop hautes et trop nombreuses pour être placées dans la Grande Galerie de Versailles, étaient utilisées au service des fêtes civiles ou religieuses, des processions et des réceptions diplomatiques: la cathédrale de Reims, au Sacre du Roi, recevait une décoration de plusieurs étages de tapisseries.

Le budget des Gobelins était alors d'une telle importance que, lorsque vinrent les mauvais jours, en 1694, il fallut fermer les ateliers et renvoyer le personnel.

Une partie resta à Paris, plusieurs tapissiers se retirèrent en Belgique, d'autres furent appelés à Beauvais où le chef d'atelier Béhagle les employa aux belles séries de *Bérain*, aux *Scènes Mythologiques*, aux *Chasses* de Van der Meulen, et aux tapisseries de *Batailles* commandées en 1695 par le roi de Suède, Charles XI.

A la réouverture des ateliers des Gobelins en 1699, de nouvelles tentures furent mises sur métier : la *Galerie de Saint-Cloud* de Mignard, les *Portières des Dieux* de Claude Audran, les *Indes* puis les *Don Quichotte* de Ch. Coypel, *Esther* de de Troy, l'*Ambassade Turque* de Parrocel, les *Chasses de Louis XV* d'Oudry.

Pendant le cours du XVIIIe siècle et malgré la pénurie du Trésor Royal, sous la direction de Soufflot et du marquis de Marigny, et avec l'appui efficace de Madame de Pompadour, les Gobelins et Beauvais continuèrent leurs travaux.

F. Boucher apporta son talent dans la composition de magnifiques tentures tissées à Beauvais, et dont les modèles n'existent plus.

Aux Gobelins, le tapissier Neilson exécutait de nouvelles tentures dues à la collaboration de Boucher, de Maurice Jacques et de Tessier. Le chef d'atelier Cozette introduisit alors, par l'exécution de petits tableaux et de portraits, d'un placement facile, le goût des tapisseries encadrées.

Ces copies de portraits, de petits tableaux de genre par Cozette et son fils, *les portraits de Louis XV*, de *Marie Leczinska*, les tableaux de Drouais, *la Petite Fille au Chat* et *le Jeune Élève*, puis de Greuze, *le Petit Boudeur*, furent encadrés sous glace comme des pastels.

Les reproductions des tableaux de Boucher suspendus au milieu de guirlandes de fleurs par des rubans bleus sur des fonds cramoisis ou jaunes, exigèrent une augmentation des couleurs pour imiter de vrais tableaux de chevalet, et malgré la beauté et la valeur d'art incontestable de ces tentures, la direction du travail des Gobelins vers la copie de tableaux fut une des causes de la décadence de la tapisserie.

En même temps, la suppression des bordures enleva une part du charme des tapisseries. Ces pièces furent fixées aux murs par des cadres en bois doré qui, emprisonnant le côté de la tapisserie, détériorèrent rapidement la partie cachée.

Sous la Révolution, l'Empire et une grande partie du XIXe siècle, au milieu de nombreuses vicissitudes politiques, la manufacture des Gobelins continua la copie de tableaux; le chimiste Chevreul favorisa cette fabrication en multipliant les couleurs, à tel point que la tapisserie perdit tout caractère de simplicité et de décoration. Les artistes tapissiers abandonnèrent complètement la tradi-

tion et, perdant leur temps à la recherche des nuances
exactes dans les plus petits détails, nuances fragiles que
la lumière et l'air détruisaient en quelques années, ne
produisaient plus individuellement que 80 centimètres ou
un mètre carré de tapisserie par an au lieu de trois ou
quatre mètres carrés pendant les siècles précédents.

Il en fut de même du tapis de la Savonnerie. Le besoin
de multiplier les tons et de pousser la finesse d'exécution
jusqu'à ses dernières limites détruisit toute la beauté de
ces tapis qui avaient une si grande réputation et qui attei-
gnent aujourd'hui, dans les ventes, une valeur de curiosité
qui dépasse celle de tous autres objets d'art.

Le tapis de la Savonnerie était exécuté autrefois à la
façon de Perse et du Levant. Le modèle, tracé sur un
papier quadrillé, indiquait pour chaque point la couleur
à employer et figurait une simple mosaïque.

Quoique le travail du tapis nécessitât des artistes
habiles, l'absence d'interprétation et de recherche du
dessin simplifiait considérablement l'exécution.

Les premiers entrepreneurs de la fabrication du tapis
avaient obtenu du Roi la permission d'instruire dans cet
art les enfants pauvres des hôpitaux.

En Perse et en Asie-Mineure, les femmes ou les enfants
sans aucune instruction exécutent les tapis les plus fins et
peuvent produire environ un mètre carré de tapis par mois.

Le procédé du modèle sur papier quadrillé ne parais-
sant pas assez fin ni assez artistique fut abandonné et
l'interprétation fut laissée aux soins du tapissier. Ce travail et l'emploi de plusieurs coloris pour un même point
retardèrent beaucoup la fabrication, le tapissier de la

Savonnerie n'exécuta pas plus de tissu de tapis qu'un tapissier des Gobelins n'exécutait de tapisserie, soit environ de 80 centimètres à un mètre carré de tapis par an.

La manufacture de Beauvais ne voulant pas rester en arrière de ces réformes, chercha dans l'extrême finesse de la tapisserie une qualité nouvelle, qui ne produisit qu'une impression pénible de travail inutile, beaucoup trop long et par suite d'un prix de revient excessif.

Nous signalerons aussi la modification apportée récemment aux Gobelins sur la position de la chaîne par rapport au sens du tissu.

De tout temps, la tapisserie a toujours été tissée de façon qu'après son enlèvement du métier, les fils de chaîne apparaissent horizontalement.

Il y a à cet usage de nombreuses raisons : la dimension de la tapisserie qui peut être plus large que le métier, la nécessité d'observer la perspective et l'effet de la lumière sur les fils de chaîne, l'obligation d'éviter sur les figures de la tapisserie le retrait de la chaîne (évalué à 1/16ᵉ) au moment où la tapisserie est enlevée du métier, retrait qui a pour effet d'aplatir les figures, comme cela avait été fait en 1792 sur les tapisseries des *Saisons* de Callet et sur la pièce de *la Fête à Palès* de Suvée conservées au palais de Compiègne.

Pour résumer les principes que nous avons recherchés dans cette étude, nous émettrons les vœux suivants :

Que les laines et les soies teintes destinées à l'atelier soient limitées à une certaine gamme de tons suffisante pour tous les besoins, mais, à l'exclusion des teintures non solides comme les mauves et les violets, des teintures trop solides ou ayant tendance à noircir comme certains verts, et des teintures qui brûlent les laines ou les soies comme certains bruns ou les gris ;

Que le modèle de la tapisserie soit exécuté par l'auteur du projet ou par un peintre attaché à l'atelier en se limitant aux teintes de l'atelier ;

Que le tapissier exécute la tapisserie suivant les tons exacts du modèle, sans chercher à choisir des tons plus élevés, dans la prévision de leur abaissement par l'air, la lumière et le temps ;

Que le mélange de fils de différentes couleurs sur la même broche soit évité ;

Que le point ne soit pas plus fin que 7 à 9 fils de chaîne par centimètre ;

Que la chaîne se trouve horizontale lorsque la tapisserie est enlevée du métier ;

Que les matières premières soient limitées à la chaîne en laine, aux fils de soie et de laine pour le tissu, les fils de métal en or ou argent étant exclus.

Les fils d'or et d'argent ne doivent pas être employés dans la tapisserie pour l'enrichir, comme ils l'ont été sous la Renaissance ou dans les grandes tentures de Louis XIV.

L'or ou l'argent n'ajoutent rien à la valeur artistique de la tapisserie, et comme ces fils s'oxydent et deviennent noirs en vieillissant, ils font tache à ce moment sur le tissu.

De plus, nous rappellerons, qu'en 1797 à Paris, les plus belles tentures du Mobilier National et entre autres une tenture unique des *Actes des Apôtres*, tissée à Bruxelles,

qui contenaient des fils de métal ont été brûlées pour
fournir l'or et l'argent qu'elles renfermaient. Trop souvent
les belles argenteries d'art de nos collections ont subi le
même sort.

*
* *

Le tapis de la Savonnerie doit être fait rapidement suivant une gamme de tons limités et d'après un modèle quadrillé comportant la position et la couleur de chaque
point, suivant la technique de l'époque Louis XIV.

La grosseur du point sera comprise entre 300 points et
400 points par mètre de largeur environ.

Aucune division d'un même point en plusieurs couleurs
ne doit être permise.

En dehors des différences pouvant provenir de l'art et
de l'habileté des tapissiers, un même modèle confié suc-
cessivement à deux équipes d'artistes devra être exécuté
d'une façon identique.

*
* *

Le directeur de la Manufacture des Gobelins, sous le
deuxième Empire, M. A. L. Lacordaire, auteur d'une
notice historique très documentée sur cette Manufacture,
avait divisé l'histoire de la tapisserie en trois périodes :

« La première période comprenant le moyen âge et
« l'époque suivante jusqu'à la fondation de Louis XIV en
« 1662, était l'époque de la *tapisserie industrielle*, où la
« tapisserie n'imite pas la peinture et où tout est combiné
« pour une production expéditive.

« La deuxième période, de 1662 à la fin du XVIIIe siècle,
« est l'époque de *l'imitation restreinte de la peinture*.

« Et dans la troisième période qui comprenait la pre-
« mière moitié du XIXe siècle, les traditions industrielles
« achèvent de s'effacer; la tapisserie est transformée en
« un *art de pure imitation*. Les productions de cette troi-
« sième période surpassent les anciennes tapisseries
« autant que la gravure moderne sur buis, exécutée par
« les plus habiles artistes, surpasse la gravure sur bois de
« poirier des XVe et XVIe siècles. »

Un art de pure imitation, c'est-à-dire une copie, c'est bien
là le principe faux et mauvais qui a dirigé nos manufactures de tapisserie depuis 150 ans.

La tapisserie, pas plus que le vitrail ou la mosaïque, ne
peut être une imitation d'une peinture; les matières employées sont trop dissemblables et l'art réduit à copier
n'est plus de l'art.

La copie de tableaux est en peinture un exercice utile
pour les élèves et quelquefois un moyen de conservation
de tableaux ou documents précieux, mais ce n'est jamais
un élément artistique et la copie en *trompe l'œil* sur de
vieilles toiles ou des panneaux vermoulus et fendus, dans
le but de remplacer les tableaux acquis par nos musées,
comme il est advenu pour la *Pieta* de Villeneuve-lès-Avi-
gnon, n'est pas une pratique à recommander.

Copie de tableaux, la tapisserie ne serait plus un objet
d'art, mais interprétée largement et simplement, comme
au moyen âge, pour sa destination de tapisserie, elle
peut décorer nos palais, nos salles de fêtes, nos églises et
nos habitations.

Notre savant et regretté collègue Jules Guiffrey avait passé plusieurs années de sa vie, et non des moins fécondes, à la manufacture des Gobelins.

Ses études sur la tapisserie lui avaient permis de comprendre l'utilité de ces réformes et il en avait commencé la mise en pratique.

Je rends hommage à sa mémoire en demandant, suivant l'expression du directeur Lacordaire, le retour à *l'époque industrielle expéditive* qui nous a donné les tentures de Reims, de la Chaise-Dieu, du Palais-Royal de Madrid, les Gobelins de Henri IV et de Louis XIII comme exemple, la magnifique tapisserie de *Moïse sauvé des Eaux* de Simon Vouët, tissée aux Galeries du Louvre et exposée à ce musée.

C'est en revenant aux principes et aux pratiques de la grande époque que nos manufactures pourront produire des œuvres comparables à celles qui ont jadis illustré leur nom dans le monde entier.

UNE TEMPÊTE

DANS LA

SECONDE CLASSE DE L'INSTITUT

EN 1798

PAR

M. MORIZOT-THIBAULT

DÉLÉGUÉ DE L'ACADÉMIE DES SCIENCES MORALES ET POLITIQUES

Messieurs,

C'était le temps où, à l'Institut de France, on ne se permettait pas encore de prononcer le nom de Dieu. Non que tous ses membres fussent athées, car il y avait parmi eux des déistes et des chrétiens et l'incrédulité déclarée n'y comptait qu'un petit nombre d'adeptes. Mais c'était au lendemain de la tragédie sanglante qui avait courbé la France devant la violence et, regardant avec inquiétude la politique du Directoire, les modérés se taisaient. Les raisons ne leur ont jamais manqué pour expliquer leur silence. Ils prétendaient alors respecter « la liberté de conscience » sans remarquer que, en imposant cette consigne muette, la conscience des athées était la plus chatouilleuse, car elle s'offensait de toute manifestation de la conscience des autres. Un homme courageux voulut un jour rompre la consigne. Or, voici ce qu'il advint.

L'incrédulité religieuse était, alors, de naissance récente. Voltaire nous l'avait amenée d'Angleterre, où elle était à l'usage des beaux esprits, l'ayant reçue en présent des mains de Bolingbroke. Mais, à peine l'eût-il passée aux mains étrangères, qu'effrayé de ce qu'il faut attendre d'un peuple aux croyances perdues, Bolingbroke déposait aux pieds des évêques anglicans les armes que Voltaire tournait contre l'Église de France. La Révolution vint. Aux bienfaits qu'elle apporta l'impiété sectaire avait mêlé bien des maux. Mais, comme elle fut un des leviers qui renversèrent l'ancien régime, elle était encore regardée comme une des forces de la République. Force, certes, quand il s'agit de détruire, mais faiblesse incurable quand il importe de réédifier! Les nations étrangères s'étonnaient de cette impiété officielle. En France, quelques voix déjà en signalaient les périls. Nul homme sensé ne contestait que la morale fût nécessaire à la vie d'un peuple; mais, à supposer que la morale pût guider seule les esprits d'élite, la raison comme l'expérience ne démontraient-elles pas qu'elle ne saurait conduire une nation sans le secours des principes religieux?

Quand la grande question se posait, l'Institut de France allait-il garder le silence? Bernardin de Saint-Pierre ne le pensa pas. Religieux à la manière du Vicaire Savoyard, ayant longtemps vécu d'une union

intime avec la nature, il avait vu la main de Dieu dans
la magnificence de ses œuvres et compris l'efficace que
son culte assure au gouvernement des hommes. Devenu
déiste de profession, il venait de se faire apôtre pour
répandre sa doctrine. Pourquoi donc, hier, lorsqu'on lui
offrit la chaire de morale à l'École normale, a-t-il d'abord
songé à la refuser? Simplement parce qu'il croyait que
l'heure n'était pas encore venue d'exercer son sacerdoce.
« Je voudrais dire la vérité, répondait-il au ministre, et on
ne voudrait pas l'entendre. » Il la dit et, quand il eut
prononcé le nom de Dieu, à la vue de l'enthousiasme de
l'auditoire, il laissa couler ses larmes. Et, aujourd'hui,
lorsque la bonne semence lève dans les rangs populaires,
n'a-t-il pas le devoir de porter son apostolat plus haut?
Alors, lui, premier nommé par le Directoire, il est entré
dans la seconde classe de l'Institut avec l'espoir de
ramener à Dieu ceux qui le méconnaissent. Il cherchait
l'occasion. Voilà comment il la fit naître.

La classe des Sciences morales et politiques avait, en
1798, à décerner deux prix et sa section de morale devait,
pour l'un d'eux, mettre un sujet au concours. Saint-
Pierre proposa de faire rechercher par les concurrents
« quelles sont les institutions les plus propres à ramener
le peuple à la morale », et le sujet fut admis. Il avait sa
pensée de derrière la tête mais l'événement déjoua ses
espérances. Le talent même, dans un concours, ne dis-
pense jamais les concurrents d'une certaine diplomatie.
Ils avaient humé l'air de la maison, de sorte que, séparés
par des divergences secondaires, tous, bannissant l'idée de
Dieu des relations humaines, s'accordaient pour ne

parler que de l'intérêt bien entendu, c'est-à-dire d'une morale inférieure sortie du seul cerveau des hommes. Bernardin de Saint-Pierre demanda à faire le rapport. C'était la règle. Mais, quand il fut nommé rapporteur, ce fut pour quelques-uns une surprise et pour lui une émotion douce.

La lutte pourtant allait être deux fois âpre, d'abord par l'intolérance systématique des adversaires puis, il faut bien le dire, par le caractère difficile du rapporteur.

On s'était déjà tâté dans des escarmouches. Saint-Pierre y avait décoché des flèches acérées ; mais ses contradicteurs, faisant front avec ensemble, s'étaient durement vengés, car, dit-il avec tristesse, « ils ont toujours eu l'avantage et, comme le nom de Dieu est pour eux un signe de réprobation, ils ont sans cesse empêché qu'on insérât aucun de mes rapports dans les Mémoires de l'Institut ».

Ce n'est pas que, dans ces premiers engagements, Bernardin ait toujours été à l'abri des reproches. On l'a comparé à Fénelon : il en avait l'imagination tendre mais non l'onction qui touche et l'esprit qui persuade. Voyez-le avec sa physionomie noble, ses beaux yeux bleus et son sourire bienveillant. Il a l'air bon, accueillant et doux. Mais, partout, — est-ce indépendance d'esprit ou aberration du caractère ? — partout il a cru être persécuté et il a tendance à devenir persécuteur. Aujourd'hui les forbans de la littérature lui ont ravi le gain qu'il pourrait retirer de ses œuvres ; sa place d'intendant du jardin des Plantes est perdue, son cours de morale supprimé et il n'a d'autre moyen d'existence que son indemnité de membre de l'Institut. Aussi est-il plus aigri que jamais.

Mais le voici au travail. Dans la solitude de sa petite maison de campagne, il s'applique grandement à son rapport, — trop, peut-être, car, comme ces débutants impatients de tout mettre dans leur œuvre, il rêve d'évoquer l'opinion des grands hommes de tous les pays et de tous les temps. S'il manque de mesure dans le fond, il la restitue du moins dans la forme, car, éclairé par l'expérience, il s'attache à écarter les traits qui pourraient blesser l'adversaire. Ayant ainsi préparé ses chances, il pèse celles qui lui viendront du dehors.

Il regarde les trente-six membres qui composent la classe des Sciences morales et politiques. L'espoir lui vient à la vue des illustrations qu'on y rencontre : Sieyès et Merlin, Cambacérès et Daunou, Talleyrand et Garat, Grégoire et La Romiguière, Lakanal et La Reveillière-Lépaux, Dupont de Nemours et Rœderer, Volney, Pastoret et Raynal. D'aucuns, sans doute, sont au gouvernement ou font partie des Assemblées politiques ; mais leur talent n'est-il pas le garant de leur dignité et leur dignité ne les défend-elle pas d'une trop grande faiblesse ? Puis il considère les cinq membres qui, avec lui, composent la section de morale. Voici Grégoire, l'apôtre de la tolérance, qui a applaudi à la constitution civile du clergé, parce qu'il y vit comme un retour à une Église plus pure, courageux jusqu'au martyre lors de l'abdication de Gobel : « On m'a tourmenté pour prendre l'épiscopat lorsqu'il était entouré d'épines ; on me tourmente maintenant pour l'abdiquer ; on ne me l'arrachera pas. » Et, aujourd'hui encore, ne dit-il pas que « s'il était une seule vérité qu'il fallût taire ou déguiser dans l'Institut

national, il serait déshonorant d'y siéger » ? Il compte
aussi sur La Réveillière-Lépaux dont la foi vendéenne lui
paraît dormir sous le couvert de sa religion nouvelle.
Disciple, comme lui, de Rousseau, il est, dit-on, affilié
à la secte des théophilanthropes. Sans doute, il vient de
lire son mémoire sur le *Culte et les cérémonies civiles*;
Talleyrand l'a relevé d'un mot : « Jésus-Christ a été cru-
cifié et est ressuscité pour fonder sa religion; à vous
citoyen, d'en faire autant », et La Reveillière est resté
coi, mais plus par manque de présence d'esprit que par
défaut de courage. S'il a été si courageux en combattant
la Commune, le Comité de salut public, le tribunal révolu-
tionnaire, pourquoi ne le serait-il pas un peu pour défendre le Dieu de Rousseau? Lakanal est moins sûr. Ce
n'est pas qu'il soit athée. Après avoir déchiré sa robe de
religieux, il n'est pas passé tout à fait à l'ennemi. S'il
ignore la Providence, il la sent. Il veut une République
tolérante et, dans la ruine générale qu'a faite la Révolution, il sait distinguer les abus qu'il faut laisser à terre
des institutions qu'il importe de relever. Mercier inquiète
davantage Saint-Pierre par ses constantes contradictions.
Il a écrit sur l'église Notre-Dame un chapitre d'une reli-
giosité un peu étrange, mais il a raillé assez lourdement la
religion dans son *Tableau de Paris*. Et que dire d'un
homme qui conteste l'éloquence à Bossuet, qui ne trouve
qu'un peu d'esprit dans Racine, qui accuse Boileau d'avoir
tué la poésie française et qui ne voit dans « les traditions que de solennelles railleries »? Quant à Naigeon,
sa présence dans la section de morale a toujours affligé
le rapporteur. Elle le consterne aujourd'hui car Naigeon,

petit encyclopédiste, esprit impuissant, qui n'a d'autorité que celle qu'il tire de son assurance et de l'importance de ses négations, est un athée délirant. Quand il fit une pétition à l'Assemblée Nationale : « Si, disait-il, je gardais les prêtres, ce serait comme les gardiens des fous qui pourraient devenir furieux si on les négligeait complètement. » En résumé, sur ses cinq confrères de la section de morale, Bernardin de Saint-Pierre compte un évêque, un théophilanthrope, deux indifférents, dont un bienveillant et un athée. C'est assez, à ses yeux, pour y rencontrer un appui.

Le grand jour venu, il prit son manuscrit, franchit la barrière, et d'un pas alerte malgré ses soixante et un ans, il gagna le Louvre. Le souvenir de triomphes passés montait à sa mémoire. Il n'avait pas plus travaillé sa leçon d'ouverture à l'École normale et cependant quel succès! Il venait de dire deux mots : « Je suis père de famille et j'habite la campagne », et aussitôt avait éclaté un tonnerre d'applaudissements, constamment répété, et qui fit que sa leçon avait été ovationnée sans même avoir été entendue. Pourquoi désespérerait-il aujourd'hui du succès? L'auditoire serait plus sévère, sans doute, mais le lecteur avait ses raisons d'espérer.

Il eut comme un pressentiment funeste en pénétrant dans sa classe. Un ministre s'y trouvait. C'était ce ministre qui, pour rendre classiques les œuvres des poètes latins dans les écoles républicaines, avait recruté des écrivains mercenaires chargés d'en retrancher tout ce qui concerne la divinité. Ses confrères, groupés autour de lui, lui adressaient leurs révérences. L'heure était venue d'ouvrir la séance. Le président donna la parole au rapporteur. Celui-ci commença sans émotion apparente et avec une énergie de surface qui le faisait un peu parler *ex cathedrâ*.

Il s'explique d'abord sur les mémoires dont il fait l'analyse. Ils étaient au nombre de quinze dont aucun ne fut couronné. « Beaucoup, dit-il, n'ont pas défini la morale; quelques-uns n'en ont donné la définition que par ses effets. Il en résulte qu'ils se trouvent dans un grand embarras pour en asseoir les fondements. Les uns les placent dans l'éducation, les autres dans les lois; ceux-ci dans des fêtes et des spectacles, ceux-là dans notre propre cœur si versatile. » L'un demandait la création de cinq cent mille censeurs chargés de surveiller la conduite des citoyens; l'autre voulait que les mères échangeassent leurs enfants, les faisant passer de main en main jusqu'à l'âge de quinze ans, pour inspirer à la nation entière la bienveillance du sentiment paternel; un autre encore, regardant le sentiment de l'immortalité de l'âme comme une idée d'orgueil, défendait qu'on parlât de Dieu aux enfants et conseillait de leur offrir les exemples des grands hommes de l'antiquité. Morale sans doctrine et sans raison et par conséquent sans base, disait Saint-Pierre, car l'esprit d'incrédulité ne réfléchit pas plus que l'esprit de parti. Il s'imagine voir dans l'univers le désordre qui n'est que dans sa tête, semblable à la folle de Sénèque qui, devenue subitement aveugle, s'en prenait à l'obscurité qu'elle croyait avoir envahi sa maison.

Pour pénétrer le fondement de la morale il suffit d'avoir des yeux et de regarder la nature d'où sont dérivées toutes les vertus sociales. Mais, ne nous y trompons

pas, il y a deux sortes de morale : l'une humaine et l'autre
divine ; la première qui divise les hommes par leurs
passions, la seconde qui les réunit par leurs vertus.
« C'est au Ciel qu'elle attache la chaîne dont elle lie tous
les habitants de la terre les uns aux autres : c'est par elle
qu'ils se rapprochent sans se connaître, qu'ils s'entendent
sans se parler et qu'ils se servent sans autre intérêt que
celui de s'obliger. »

Et le rapporteur poursuit sa déclaration de principes
dans des développements que vous me pardonnerez de ne
pas reproduire parce qu'ils sont prolixes comme toutes
les œuvres qu'on lisait alors à l'Institut dans des séances
d'une longueur mortelle. Saint-Pierre invoque l'autorité
de tous les grands génies de l'antiquité. C'était sa manière, vous le savez. Il n'est pas seulement abondant mais
encore sermonneur. C'est par là que, manquant d'un certain goût sévère, son œuvre pèche encore par trop de
candeur. Si vous lisiez son rapport, vous remarqueriez
que le vague y chemine pêle-mêle avec la sensibilité dans
une variété monotone, avec çà et là, des hors-d'œuvre et,
comme on disait alors, des airs de bravoure. Que nous
importent Lucrèce, les Sabines et les Romains, les con-
versations de Socrate et d'Aristodème, Confucius et la
Chine, les émigrés du Delaware et la méthode curative
du médecin d'Avignon lorsqu'il s'agit simplement de rappeler l'homme à l'humilité devant l'œuvre du Créateur ?

L'analyse des mémoires avait été écoutée assez tran-
quillement. Mais, aux premières lignes de la déclaration
solennelle des principes, des murmures s'élèvent suivis
bientôt de cris de réprobation. Naigeon enrage et Cabanis

s'unit à lui pour mener le chœur des opposants. Ce
Cabanis était un homme ordinairement sage et généreux;
mais, médecin et philosophe, formé, à l'hôtel d'Helvé-
tius, dans la compagnie de d'Alembert et de Diderot, il
niait Dieu parce que, dans ses dissections, il n'avait
jamais rapporté l'âme à la pointe de son scalpel. Volney
lui-même, si indépendant dans ses idées et dans sa conduite, s'agitait. Saint-Pierre continuait sa lecture. Son
calme mit le comble à la colère de Cabanis qui se leva :
« Je jure, cria-t-il, que Dieu n'existe pas et je demande
que son nom ne soit jamais prononcé dans cette en-
ceinte! » Bernardin le regarda froidement : « Votre
maître Mirabeau eût rougi de vos paroles. » La tempête
était déchaînée. Le biographe de Saint-Pierre, M. Aimé
Martin, la décrit d'après le récit que lui en fit le rapporteur lui-même. « Les uns le persiflaient en lui demandant
où il avait vu Dieu et quel visage il avait; les autres
s'indignaient de sa crédulité; les plus calmes lui adressaient des paroles méprisantes. Des plaisanteries on en
vint aux insultes : on outrageait sa vieillesse; on mena-
çait de le chasser d'une assemblée dont il se rendait
indigne, et l'on poussa la démence jusqu'à l'appeler en
duel afin de lui prouver, l'épée à la main, qu'il n'y avait
pas de Dieu. » Reconnaissez-vous là, Messieurs, le
milieu académique et n'est-il pas à souhaiter, pour l'honneur de vos devanciers, que ce récit ait été quelque peu
exagéré? Mais le tumulte couvre maintenant la voix du
lecteur. Il s'arrête et regarde les modérés. Quelques-uns
semblent consternés, mais tous restent immobiles. N'a-
t-on pas dit qu'en France les modérés sont ainsi nommés

parce qu'ils y seront toujours modérément courageux?

Le rapporteur, sentant la partie perdue, se retira dans la salle voisine qui servait de bibliothèque. Là, seul, et dans une consultation suprème de sa conscience, un dernier rayon d'espoir lui vint. Plus opiniâtre encore que courageux il était aussi atteint de cette maladie qui fit croire à plus d'un Français qu'on peut par des phrases belles et touchantes vaincre enfin l'obstination de l'adversaire. Il écrivit un rapport supplémentaire. M. Aimé Martin en a vu le brouillon : il est écrit d'une main reposée et à peine y compte-t-on quelques ratures. Il demandait à ses confrères d'agréer son œuvre. C'était une prière sans humilité, car il n'y sacrifiait rien de ses convictions qu'il affirmait avec une force nouvelle. Il rappelait que Robespierre lui-même avait cru à un Dieu rémunérateur et vengeur; que la constitution politique avait été proclamée en présence de l'Être Suprême et il leur demandait « s'ils rougiraient d'un hommage dont l'Assemblée nationale s'était elle-même honorée ». Et il terminait de façon touchante : « C'est la méchanceté des hommes qui leur fait méconnaître la Providence dans la nature; ils sont comme les enfants qui repoussent leur mère parce qu'ils ont été blessés par leurs compagnons; mais ils ne guérissent qu'entre ses bras. Déclarez donc que vous reconnaissez l'existence de Dieu comme la base de toute morale : si quelques intrigants en murmurent, le genre humain vous applaudira. » Comptant beaucoup sur ces dernières phrases, il rentra en séance pour lire ce document. On ne l'écouta pas. On avait décidé que son rapport ne serait pas lu en public. Il n'eut d'autre ressource, à titre de protestation, que de le faire imprimer et distribuer à la porte de la salle des séances.

Ainsi finit l'incident où Bernardin de Saint-Pierre, avec son ingénuité habituelle, montra une grande noblesse d'âme et beaucoup de courage. S'il fut battu dans cette rencontre, reconnaissons que l'honneur fut pour le vaincu. La responsabilité du scandale revient à l'intolérance qui, soufflée par la passion politique, avait envahi jusqu'à l'Institut. Éloignés aujourd'hui de cette intolérance, nous avons l'impartialité qui permet de la condamner. Il n'est pas de doctrine officielle pour ceux qui recherchent la vérité. Il n'y a pas d'opinion qui s'impose à ceux qui, connaissant l'infirmité de l'intelligence humaine, savent la difficulté de découvrir le vrai. A ceux qui nous gouvernent nous devons le respect mais non la dépendance. A ceux qui pensent autrement que nous nous devons la tolérance dans la pratique de la liberté. Et par là nous maintenons ce qui fait l'honneur de l'Institut, la concorde dans la dignité.

OU ALLONS-NOUS?

PAR

M. ÉMILE BOUTROUX

DÉLÉGUÉ DE L'ACADÉMIE FRANÇAISE

Messieurs,

Les temps sont passés où l'on pouvait se laisser vivre, en contemplant d'un œil amusé la marche logique ou capricieuse des choses : une réalité poignante nous étreint et semble nous emporter; et involontairement nous nous demandons : « Où allons-nous? Où nous mènent les forces qui se déchaînent? Est-il encore en notre pouvoir de diriger notre destinée? »

Une réponse, il est vrai, tout de suite, nous monte aux lèvres : Qui donc, en cette guerre, a déterminé l'événement? Est-ce une fatalité aveugle ou le jeu mécanique de lois nécessaires? N'est-ce pas plutôt la vaillance réfléchie et volontaire de nos admirables soldats, soutenus par des populations qui avaient à cœur de se montrer dignes d'eux, et commandés par des chefs en qui

s'incarnaient, avec les meilleures qualités de l'esprit
français, la résolution inébranlable de ne traiter qu'après
la victoire?

Certes. Mais à considérer le train actuel des choses,
certains se demandent si cet immense effort pour
subjuguer les puissances du mal ne risque pas d'aboutir,
en fait, à précipiter et rendre plus irrésistible le torrent
des révolutions imminentes. La guerre des armes,
entendons-nous dire, est terminée; une autre guerre se
réveille et se déploie : la vraie guerre sainte, celle des
classes, celle des travailleurs contre les parasites, des
employés contre les employeurs, de l'usine contre l'État,
celle qui doit faire, enfin, de la terre même, le paradis
rêvé par les déshérités. Guerre tragique, elle aussi :
d'un côté, la société humaine, telle que les siècles l'ont
faite; de l'autre, une organisation qui se considère
comme ayant pour elle le nombre, le droit, la discipline,
la toute-puissance, et qui se donne pour tâche d'anéantir
l'ordre social traditionnel.

Nul doute que la peur, chez les uns, un scrupule
subtil de justice, chez les autres, ne disposent plusieurs
de ceux-là même que l'on nomme les privilégiés à favoriser
la révolution naissante. Est-il vraisemblable, toutefois,
que la nation, dans son ensemble, s'abandonne, passive,
à l'impétueux courant?

Diviser les citoyens en deux classes ennemies à mort
l'une de l'autre, et n'admettre à l'existence que les
agents immédiats de la production industrielle, c'est
vouloir anéantir des forces très vivantes, qui ne sont pas
moins indispensables à la production que les bras des

exécutants, et qui, de plus, ont été spécialement adaptées,
par l'action des siècles, à la conservation de cette vie
intérieure de pensée et d'imagination, de création intellectuelle, d'aspirations morales et sociales, qui confère à la
nation son principal lustre, et qui recule les bornes de
la perfection humaine. Est-on bien sûr que ces puissances
de vie et d'idéalisme, le jour où, décidément, elles se
verront menacées de mort, ne résisteront pas? Et
comment la nation française pourrait-elle, se reniant
elle-même, donner comme conclusion à sa glorieuse
histoire une guerre intestine qui anéantirait sa situation
dans le monde, et qui scellerait sa dissolution et sa
ruine!

Que de fois n'avons-nous pas répété que nous devons
à nos morts d'agir de telle sorte qu'ils soient contents de
nous? Mais pourraient-ils nous approuver, si nous
employions à nous entre-détruire, à détruire la France,
la liberté qu'ils nous ont acquise en la payant de leur
vie? Ils se sont sacrifiés pour ouvrir devant nous une
ère de sécurité, de prospérité, d'honneur et de progrès :
nous ne les trahirons pas. Pour nos morts, nous garde-
rons jalousement le principe de vie et de grandeur que
nous ont légué nos ancêtres, Jeanne d'Arc, nos rois et la
Révolution : notre unité et notre fraternité nationales.

Ayons confiance, cet appel de nos morts sera entendu.
On sait d'ailleurs aujourd'hui, par expérience, qu'une
révolution brusquée est une révolution manquée. On s'ap-
pliquera donc à procéder par étapes; et, peu à peu, ceux
qui croyaient s'affronter s'apercevront qu'ils marchent

dans le même sens. N'est-ce pas la société tout entière qui, d'elle-même, tend à se tranformer, de manière à réaliser l'idéal de justice, d'égalité, de bonté, de paix, de bonheur, dont elle est éprise? Ce monde nouveau, dont les impatient compromettent l'avènement, ne se construit-il pas, sous nos yeux, par une évolution spontanée, au sein même et à la place du monde ancien? Laissons faire le temps, un temps plus court, sans doute, que ne le supposent ceux qui ne savent juger de l'avenir que par le passé; et la face de la terre sera renouvelée. Ainsi vont prophétisant maints apôtres du progrès, et déjà ils font briller à nos yeux l'image radieuse de la société future.

Les inégalités révoltantes nées de l'égoïsme, du despotisme et de l'anarchie ont disparu. Tous les citoyens sont convenablement instruits et élevés, gagnent largement leur vie avec un minimum de travail, et jouissent, selon leurs besoins et leurs goûts, des produits de l'activité commune. De copieux loisirs leur sont ménagés, qu'ils consacrent à l'idéal. Dans la famille comme dans la société, l'indépendance est garantie à chaque membre. L'individu vit sa vie, selon sa conscience et son caractère. L'individu est le seul principe et la seule fin de l'organisation sociale tout entière.

Les nations sont des individus collectifs. Une organisation suprême leur garantit, à toutes également, liberté, sécurité, indépendance. Chacune d'elles se développe à son aise, sans autre souci que celui de son bonheur et de la réalisation de ses puissances. La paix universelle, légalement constituée, a pour gages la prospérité universelle, ainsi que l'horreur de la guerre, à jamais implantée dans les cœurs par la terrible expérience que l'humanité vient d'en faire. *Homo homini lupus*, disait-on jadis: la devise du monde nouveau sera : *Homo homini deus*.

Éblouissante vision ! Mais est-il sûr que cet idéal puisse se réaliser ? Est-il même certain qu'il mérite le nom d'idéal?

La condition première de la dignité et du bonheur, nous dit-on, c'est l'indépendance. Mais est-il réellement plus beau, plus grand de se murer dans son individualité, que d'accepter et de chérir les liens familiaux, sociaux, nationaux qui nous font membres intégrants de communautés de plus en plus larges? Est-il nécessairement honteux de se subordonner et d'obéir? Confondrons-nous l'obéissance au devoir, à l'honneur, à la loi, aux commandements de la patrie et de l'humanité avec la soumission lâche et intéressée aux injonctions de la force et du despotisme? Non, obéir à ces autorités idéales n'est pas s'avilir, c'est participer à une perfection où, par soi, l'on n'eût pu atteindre. La liberté ne se conquiert que par une juste obéissance.

Le monde nouveau voit dans le travail une corvée, dont un homme libre se décharge le plus possible. Mais le travail est, en réalité, l'exercice intelligent et fécond de nos facultés, l'élargissement, l'expansion de notre être. Il n'est pas notre misère, mais notre honneur ; et un homme jaloux de faire son métier d'homme ne travaille pas le moins possible, mais le plus qu'il peut. Il exécute sa tâche avec amour, il est fier de créer. Ne lui demandez pas de fixer d'avance la durée et l'intensité de son effort. Il n'est pas le maître de son œuvre, c'est son œuvre qui lui commande.

On veut que les hommes aient tous également part au

bonheur et à l'idéal. Certes, à réaliser la perfection humaine, tous, également sont appelés. Gardons-nous, toutefois, pour mettre plus sûrement l'idéal à la portée de tous, de l'abaisser et de l'avilir. Ce ne sont pas nos goûts et nos capacités qui sont la mesure de l'idéal, c'est l'idéal qui juge nos aspirations et nos actes. Au-dessus d'une humanité satisfaite de tâches et de plaisirs à sa portée, nous continuons à concevoir une humanité inquiète, travaillée par le souci de l'idéal véritable, éprise de ces choses, les moins nécessaires et les meilleures de toutes, disait Aristote : la science désintéressée, la libre création de la beauté, l'ennoblissement des mœurs, la philosophie, la recherche de nos destinées supérieures. Sans doute, l'égalité, l'équilibre, la diffusion du bien-être et de la vie facile sont des biens. N'oublions pas, cependant, que toute œuvre supérieure de la nature implique une certaine diversité, une certaine inégalité, et que, s'il est souhaitable que ceux qui sont en bas s'élèvent aussi haut que possible, il ne saurait l'être que ceux qui tirent l'humanité vers les sommets soient précipités jusqu'au point où ils ne dépasseront plus personne. Gardons-nous d'une égalité universelle, qui, née de l'envie et non de l'émulation, ne serait autre chose qu'une médiocrité universelle.

Quant aux nations, on proclame avec raison leur droit de maintenir et de développer librement leur génie propre. Mais dans un monde où les intérêts économiques et l'amour du bien-être sont prépondérants, les souvenirs, les traditions, les coutumes, les gloires, les aspirations idéales qui constituent l'âme et la personnalité d'une nation ne sont plus que des objets de curiosité, bons à intéresser les érudits et les dilettantes. Le monde nouveau sera un immense creuset, où se fondront et s'amalgameront les métaux les plus divers, pour se changer en une masse homogène. L'internationalisme s'achèvera dans l'effacement des nationalités.

Est-ce bien là l'idéal humain? Est-il certain que toutes ces qualités rares que les hommes ont acquises en cherchant, non le bien-être, mais l'honneur et la gloire de leur patrie ne soient que des entraves au progrès véritable? La patrie n'a-t-elle le droit de subsister que si elle abdique ce qui fait son originalité et son essence? Est-ce bien réellement notre devoir, à nous Français, de détruire le legs de vingt siècles; et sommes-nous bien sûrs qu'en dépouillant notre caractère national nous enrichirons l'humanité? Combien plus sensée, semble-t-il, notre vieille doctrine française : La patrie et l'humanité ne sont pas deux rivales jalouses; la première condition, pour servir réellement l'humanité, c'est de bien servir sa patrie.

Nous ne saurions, dans le monde nouveau que l'on nous annonce, reconnaître notre idéal. Ce monde, du moins, nous procurera-t-il la paix, la sécurité, le doux et mol chevet de l'insouciance, qui, nous dit-on, est le premier des biens pour une tête bien faite?

Doctement et impérieusement on nous démontre qu'il en doit être ainsi. Cependant, de l'autre côté du Rhin, l'Allemagne se recueille. A la faveur de sa révolution et par l'effet de l'humiliation même qu'elle se vante de subir, sa volonté d'unité nationale, sa séculaire passion de vengeance et de revanche, son instinct de querelle et d'envie, ses ambitions éternelles de conquête et de domination, tous ces traits de son caractère ont acquis une vigueur nouvelle. Jamais on ne la convaincra qu'elle ait été vaincue; car la défaite, selon ses concepts, seule mesure, à ses yeux, de la vérité, c'est la guerre portée de haute lutte sur son territoire. L'Allemagne donc, dans son fond, reste belliqueuse. Et, comme elle est éminemment tenace, patiente, laborieuse, obéissante, intrigante, habile à dissimuler et à tromper, il est vraisemblable que, tôt ou tard, si on ne l'en empêche, elle recommencera. A moins, certes, qu'elle ne change, et le monde ne saurait que l'y aider. Mais attendons, pour ajuster notre conduite à ce changement, qu'il se soit produit. Les tendances pacifistes du monde de 1914 n'ont pas calmé la passion agressive de l'Allemagne, elles l'ont déchaînée.

L'heure n'est pas venue — est-il possible, est-il souhaitable qu'elle vienne? — de nous borner à observer et seconder ce que l'on nomme l'évolution nécessaire des choses. Car la pente où nous glissons nous mène, sinon à une catastrophe qui serait notre ruine et notre honte, du moins à l'établissement graduel d'un prétendu paradis, dont les jouissances ne valent pas nos épreuves. C'est pourquoi, non plus aujourd'hui qu'hier, nous ne pouvons nous dispenser d'agir, de réagir, de faire effort, de lutter, d'être des hommes.

Si vraiment nous voulons rester dignes de nos pères, dignes de nos morts, dignes de nous-mêmes, il nous faut maintenir hautement deux mots qu'une prétendue morale

moderne tend à effacer : devoir, vertu. Certes, la notion
de droit est sacrée, mais elle n'est claire, pratique,
féconde, qu'unie à celle de devoir. Ai-je droit au bonheur? je ne sais; mais je sais, de science certaine, que je
dois employer mes forces à défendre la justice et à conserver les acquisitions qui honorent l'humanité. Et ce
serait une erreur de croire que les habiletés de la politique ou les inventions de la pédagogie suffiront à faire
des consciences inclinées devant le devoir. Le devoir
veut des volontés libres, capables d'énergie et de sacrifice : il exige la vertu. N'espérons pas écarter les maux
qui nous menacent, prévenir les agressions possibles,
rétablir notre situation économique, libérer nos intelli-
gences et nos cœurs du souci anxieux de l'existence matérielle par la simple revendication de nos droits et le
vote de mesures judicieuses : pour subsister dignement,
à l'heure actuelle, il nous faut restreindre nos besoins,
accroître notre puissance de travail, nous dominer, nous
maîtriser, endurer, prendre patience, déployer nos
forces intérieures et extérieures, accepter joyeusement
les tâches pénibles, chercher le bien et non notre plaisir :
il nous faut, en un mot, faire preuve de vertu.

Hommes, nous vivons, non seulement, dans le présent,
mais dans le passé et dans l'avenir. Nous avons des
devoirs envers l'un et l'autre.

Le passé, nous dit-on, c'est le boulet que nous traî-
nons après nous, qui entrave notre marche, et dont nous
devons, à tout prix, nous débarrasser. Mais n'est-ce pas
aussi un legs prodigieusement riche d'inventions, d'expé-
riences, de conquêtes sur la nature et sur l'ignorance ;

un trésor de réflexions, d'observations, de sentiments, revêtus par l'art d'une forme impérissable? N'est-ce pas la substance dont nous sommes faits, n'est-ce pas notre être même? Le train de la nature physique et des masses humaines livrées à leurs appétits est la destruction aveugle de tout ce qu'a créé l'esprit. Sachons, même en ce siècle, où l'on enseigne qu'ancien est synonyme de vermoulu, discerner, dans le passé, ce qui est mauvais et ce qui est bon, et, sans fausse honte, défendre contre les forces destructrices les vraies richesses de l'humanité. Ainsi firent nos pères : imitons-les.

Considérons l'une des expressions les plus parfaites de notre génie national : la langue française. Tour à tour alerte, spirituelle, simple, colorée, harmonieuse, large, énergique, familière, tendre, subtile, fière, mordante, somptueuse, sobre, pittoresque, elle a fait paraître excellemment la souplesse et la puissance de changement qui caractérisent la vie; et, en même temps, elle est demeurée elle-même : le modèle de la clarté, de l'ordre, de la précision et de l'élégance. C'est qu'elle a été défendue avec vaillance par nos écrivains, par notre société, par notre peuple, qui avaient le sens de sa beauté, et qui, pieusement, se soumettaient à ses lois. Pourquoi cette estime singulière que le monde témoigne à la Compagnie dont j'ai l'honneur d'être aujourd'hui le délégué? C'est qu'elle a été instituée pour conserver, pure et semblable à elle-même, à travers les vicissitudes de l'usage, cette merveille qu'est la langue française; et c'est que jamais, par nulle séduction passagère, elle ne s'est laissé distraire de sa mission. Si l'Académie française, vieille de près de trois cents ans, demeure l'une des forces vives de la nation, c'est qu'elle représente, d'un esprit à la fois libre et ferme, la fidélité aux plus nobles traditions littéraires et morales de notre pays.

Nous défendrons le passé; pareillement nous défendrons l'avenir. Il ne suffit pas que l'avenir fasse table rase du passé pour qu'il lui soit supérieur. Nous lutterons pour sauver l'avenir de progrès qui seraient des décadences, et pour susciter des créations qui n'usurpent pas le nom du progrès.

L'avenir, aujourd'hui, a pour devise : production; nous produirons de toutes nos forces. Mais, nous laisserons-nous envahir par les soins et les jouissances de la production matérielle, au point d'oublier ou de tenir pour accessoires les beautés de la production spirituelle? Supposerons-nous qu'à un homme conscient de sa dignité les jouissances matérielles suffisent; ou, encore, que la force mécanique sécrète la vertu et la beauté, comme le foie sécrète la bile? Le progrès continu des sciences engendre de lui-même le progrès du bien-être, et, avec la satisfaction des besoins physiques, leur multiplication indéfinie. Le devoir, cependant, subsiste, de mettre l'esprit au-dessus de la matière, et de faire servir l'accroissement de nos moyens d'action à grandir et ennoblir l'âme même et la conscience de l'homme.

Aujourd'hui comme hier, il nous faut, non seulement des machines, mais des hommes de foi, de cœur, d'intelligence, d'énergie et de patriotisme, pour combattre les forces destructrices qui nous assaillent.

Nous qui, avec une périlleuse abnégation, avons risqué

l'existence même de notre pays pour sauver le monde de l'asservissement et faire communier l'idéal avec la réalité, nous devons, avec une suprême énergie, combattre en nous-mêmes l'égoïsme et le matérialisme, et nous vouer, dociles, à la grande tâche que les événements nous imposent : faire surgir, de l'océan tumultueux qui bat ses rives, une France plus que jamais forte, noble, belle, généreuse et humaine, plus que jamais digne de l'estime, de la sympathie, de la confiance et de l'amitié des peuples.

Une telle œuvre suppose l'action collective et concertée. Ceux-là seuls, d'ailleurs, qui sauront s'unir compteront désormais dans le monde. Notre dernier mot doit donc être celui qui, dès l'explosion de la guerre, fut sur toutes les lèvres, celui qu'actuellement même nous nous redisons chaque jour, parce que nous sentons qu'il contient le secret de notre destinée : union; union vraie, sincère, profonde, cordiale; non politique et de circonstance, mais essentielle et inébranlable. Pour réaliser une telle union, nous ne saurions nous contenter de discours, d'organisations, de compromis. Ici encore, rien d'efficace sans la conscience du devoir et sans la vertu.

Nous différons entre nous d'opinions, de croyances, de goûts, d'éducation, de passions; et il est, certes, difficile de s'unir intimement à qui ne pense pas comme soi. Mais la patrie est là, à laquelle nous devons le meilleur de ce que nous sommes, qui représente une forme exquise de l'idéal, et qui ne cueillera les fruits de sa victoire que si nous continuons, unis, à lutter pour elle. C'est en nous unissant à nos compatriotes que nous assurons à notre force propre son maximum de puissance et d'efficacité.

Sachons donc faire l'effort moral sans lequel tous les
autres sont vains : l'effort pour nous unir, non extérieure-
ment, mais de cœur, d'intelligence et de volonté. Ni le
destin, ni la science, ni les révolutions brusques ou pro-
gressives, ni les calculs de la politique, ni les organisations sociales n'écarteront, à eux seuls, les périls qui nous
menacent, ne prépareront, à eux seuls, l'avenir que nous
devons à notre patrie. C'est du dedans que l'on vit, et
c'est du dedans que l'on meurt. Nous tirerons de nous-
même, la force qui domine et dirige les évolutions.

FONDATION DEBROUSSE

RAPPORT

D E

M. ERNEST BABELON

MEMBRE DE L'ACADÉMIE DES INSCRIPTIONS ET BELLES-LETTRES

Lu dans la séance trimestrielle du 9 juillet 1919.

Messieurs,

Comme dans les années précédentes, votre Commission interacadémique chargée de régler l'emploi des arrérages des Fondations Debrousse et Gas, vient soumettre à votre contrôle et, s'il y a lieu, à votre approbation, la répartition qu'elle a faite, après examen, des demandes de chacune des cinq Académies.

Les revenus des deux fondations sont, pour cette année, les suivants :

Fondation Debrousse	3o ooo fr. »
Fondation Gas	5 g34 fr. »
Reliquat de l'exercice précédent	3̄o fr. »
Total	36 3o4 fr. »

Répartition proposée par la Commission, suivant les demandes formulées par les Académies :

I. — Académie française

1° Pour la continuation de la publication de la *Correspondance de Bossuet* . . . . 3000 francs.

Il s'agit de l'impression du tome XII. Lorsqu'elle sera achevée, il ne restera plus à composer que les tomes XIII et XIV qui achèveront cette belle œuvre due au zèle de MM. Levesque et Urbain.

2° L'Académie française voudrait donner son patronage à une œuvre analogue à entreprendre pour la correspondance de Voltaire. Mais cette publication nouvelle, à la tête de laquelle la maison Hachette a l'intention de mettre des savants tels que notre confrère M. Rebelliau ou M. Lanson, comprendra de 30 à 34 volumes. Il importe, avant de songer à l'impression, de faire des recherches dans les Bibliothèques, même à l'étranger, et de rassembler les matériaux de la publication dont un bon nombre sont encore inédits. Pour ces recherches préliminaires, l'Académie française a obtenu de la Commission Debrousse une somme de. . . . . 8300 francs.

II. — Académie des Inscriptions et Belles-Lettres

1° Pour la publication d'un nouveau et dernier volume de la Collection des *Codices astrologici* de la Bibliothèque nationale. 3 000 francs.

Le principal auteur de cet ouvrage, l'helléniste Pierre Boudereaux, fut tué pendant la guerre, en conduisant bravement ses soldats à l'assaut. Son manuscrit inachevé

a été confié à notre confrère belge M. Franz Cumont qui
l'a complété et préparé pour l'impression. L'ouvrage
comprendra des morceaux d'un intérêt considérable pour
l'histoire de l'astrologie antique : par exemple, des œuvres
de Balbillus, l'astrologue de Néron et de Vespasien ; de
Julien de Laodicée, savant resté païen qui vivait à la fin
du V⁰ siècle ; de Rhetorius, compilateur qui, au début
du VI⁰ siècle, réunit des extraits d'écrivains plus anciens ;
enfin, un long chapitre est tiré d'un auteur grec que
Firmicus Maternus a traduit en latin, etc. Cette œuvre
posthume d'un philologue qui, à côté de M. Cumont,
s'était déjà fait un nom distingué dans cet ordre d'études,
fera honneur à l'érudition française.

2⁰ Pour la recherche des manuscrits arméniens à entreprendre dans les bibliothèques du Midi de la France, de
l'Espagne et du Portugal . . . . 1 500 francs.

L'auteur de ces recherches est M. Frédéric Macler,
professeur d'arménien à l'École des Langues orientales
vivantes. Les débuts de cette vaste enquête sur les
manuscrits arméniens dispersés dans les bibliothèques
de l'Europe ont déjà été encouragés par l'Académie des
Inscriptions et Belles-Lettres et les résultats scientifiques
obtenus jusqu'ici, au triple point de vue historique, littéraire et artistique ne permettent pas d'hésiter à fournir
à M. Macler les moyens de poursuivre l'œuvre qu'il a
entreprise et qui, par là, sera bien près de toucher à son
achèvement.

3⁰ Pour aider la *Société de l'Histoire de France* dans
l'édition qu'elle poursuit, des *Grandes chroniques* de Saint-
Denis. . . . . 800 francs.

La publication des *Grandes chroniques de France*, écrites au XIIIe siècle dans l'abbaye de Saint-Denis, intéresse au plus haut point — il est à peine besoin de le remarquer, — notre histoire nationale et par conséquent tout l'Institut.

Pour continuer la préparation de cette édition, depuis si longtemps attendue, les éditeurs, que la guerre mettait dans l'impossibilité de collationner les manuscrits conservés à Londres, au Musée britannique, ont pu cependant obtenir de ces manuscrits des épreuves photographiques, qui leur ont permis d'établir le texte des *Grandes chroniques* d'une façon définitive et véritablement scientifique. Mais les dépenses ainsi engagées ont grevé lourdement le budget de la *Société de l'histoire de France*, qui s'est adressée à l'Académie des Inscriptions et Belles-Lettres pour l'obtention d'une aide pécuniaire. Par cette subvention l'Institut se trouvera associé à la publication de l'une des œuvres les plus importantes de l'érudition historique française.

III. — Académie des Sciences

1° Pour la continuation de la publication des Procès-verbaux de l'Académie de 1795 à 1835. . . . . . . 5 500 fr.

Huit volumes de cette publication, déjà encouragée sur les fonds Debrousse, ont paru. Elle est parvenue à l'année 1832 et elle sera achevée, probablement l'année prochaine, avec les procès-verbaux de 1835.

2° Pour la publication de la correspondance de Dolomieu. 3 500 francs

On sait que Dolomieu, grand voyageur et professeur
de minéralogie à l'École des Mines et au Muséum, fut, vers
la fin du XVIIIe siècle, l'un des savants qui contribuèrent
le plus efficacement aux progrès des études de vulca-
nologie et de minéralogie.

IV. — Académie des Beaux-Arts

1° Pour la continuation de la publication des *Procès-
verbaux de l'ancienne Académie royale d'architecture*, de
1671 à 1793. . . . . 1 000 francs.
Cette publication, déjà subventionnée l'année dernière,
en est arrivée à son 5e volume.

2° Pour la continuation de la publication des plans du
Palais Mazarin et du texte explicatif . . . . 300 francs.

3° Pour la publication du Catalogue du Fonds musical
ancien (jusqu'à 1800) de la Bibliothèque nationale, 1500 fr.

Nous avons fait ressortir l'année dernière l'importance
exceptionnelle de cette publication à laquelle M. Expert
consacre tous ses soins, avec la compétence toute particu-
lière qui lui est universellement reconnue.

Au nom de l'Académie des Beaux-Arts, son Secrétaire
perpétuel exprime le vœu que, dans les années prochaines,
les publications de cette Académie soient encouragées
dans une plus large mesure par la Commission Debrousse.

V. — Académie des Sciences morales et politiques

1° Pour la continuation de la publication des *Ordonnances des Rois de France* depuis François Ier. 1 000 francs.
Les deux premiers volumes du texte des *Ordonnances*

ont paru jusqu'ici et comprennent la période qui va de 1515 à 1520.

L'état actuel de cette importante publication est donc le suivant. Il a paru dix volumes du *Catalogue* des Ordonnances de François Ier et deux volumes de *texte* : en tout, douze volumes. Il s'agit présentement de poursuivre la publication du *texte* des Ordonnances de François Ier et de commencer le *Catalogue* des Ordonnances d'Henri II.

2° Pour la suite de la publication des *Œuvres de Malebranche* . . . . 2 000 francs.

Cette publication de M. Désiré Roustan, dans la collection des grands écrivains de la France, doit comprendre seize volumes ; on espère qu'avant la fin de l'année le texte du premier volume sera mis à l'impression.

3° Pour la suite de la publication des *Œuvres de Maine de Biran* . . . . 1 800 francs.

Cette publication, entreprise par M. Tisserand, professeur au Lycée Carnot, doit comprendre treize volumes.

Récapitulation

Disponibilité.	36 304
I. — Académie française (11 300 fr.) :	
Correspondance de Bossuet	3 000
Correspondance de Voltaire	8 300
II. — Académie des Inscriptions et Belles-Lettres (5 300 fr.) :	
Manuscrits astrologiques.	3 000
Recherche de manuscrits arméniens	1 500
Publication des Grandes chroniques	800
A reporter.	16 600

Report 16 600

III. — Académie des Sciences (9 000 fr.) :

Procès-verbaux des Séances. 5 500
Correspondance de Dolomieu 3 500

IV. — Académie des Beaux-Arts (5 800 fr.) :

Procès-verbaux de l'Académie royale d'architecture . . 1 000
Collège Mazarin et Institut. 300
Catalogue du Fonds musical 4 500

V. — Académie des Sciences morales et politiques (4 800 fr.) :

Ordonnances des Rois de France. 1 000
Œuvres de Malebranche 2 000
Œuvres de Maine de Biran. 1 800

Total 36 200

D'où un reliquat, pour l'année prochaine, de 104 francs.

La Commission croit devoir rappeler aux auteurs et éditeurs qui reçoivent ainsi des subventions sur la Fondation Debrousse, qu'ils sont tenus d'imprimer en tête et sur la couverture des Publications subventionnées la mention suivante :

Institut de France
Fondation Debrousse

<hr>

Paris. — Typ. de Firmin-Didot et Cie, impr. de l'Institut, 56, rue Jacob. — 54906.